TAKE
SHOBO

ワケあり物件　契約中

カリスマ占い師と不機嫌な恋人

真坂たま

ILLUSTRATION
紅月りと。

蜜夢
MITSU
YUME

ワケあり物件 契約中
カリスマ占い師と不機嫌な恋人

CONTENTS

MITSU YUME

イラスト／紅月りと。

ワケあり物件契約中

Wakeari Bukken Keiyakutyu

カリスマ占い師と不機嫌な恋人

ACT1　迷惑物件

ちょっとうとうとしていた、仕事中なのに。

なにか懐かしい夢を見ていた気がする。

気がついたときには、穂高初衣《ほたかうい》は鳴っている電話を反射的にとっていた。

「はい、ベータホームズ不動産吉祥寺《きちじょうじ》店、穂高です」

『もしもし……パレドールセンチュリー二一三号のことなんだけど』

受話器の奥から聞こえてきたのはとても耳に心地いい、柔らかな男性の声だった。

「パレドールセンチュリー……ああ、はい、太月さまですね」

初衣は契約済み書類のバインダーの中から目当ての一枚をみつけて確認した。

パレドールセンチュリー二一三号は、つい三日前に賃貸契約が完了した物件だ。初衣の担当ではなく、確か所長が直々に契約したマンション。築年数は八年で１ＬＤＫ、賃料は月十三万三〇〇〇円。

駅からは少し離れているけれど、デザイナーズマンションでなかなか出来はいい。

『今そのマンションの前にいるんだけど、鍵がないんだ』

「え？　今日ご入居でしたでしょうか？」

初衣はあわててファイルを見直した。いや、入居は一週間も先だ。まだ渡していないから鍵が無いのは当然だ。

『うーん、わかんないな……引っ越し時期は特に決めてなかったから。でもとにかく開けてくんない？　寒くて風邪をひきそうだよ』

パレドールセンチュリーはオートロックだ。確かに鍵がなければマンション内に入ることもできないだろう。

しかし開けてくんない、と言われても本人かどうかの確認ができない。初衣がとまどっていると電話の向こうから大きなくしゃみが聞こえた。

「少々お待ちください」

初衣は電話を保留にし、所長に回した。社員六人しかいない小さな支店だ。所長の机も同じ部屋にある。

電話を受けた所長が「はあ、はあ」とぺこぺこしていた。やがてどうにか話がついたのか、電話を切ると「穂高くん」と彼は初衣の顔を見た。

「パレドールセンチュリーに行って鍵を渡してきてもらえないか」

あいにく初衣以外、免許を持っている男性社員は全員が出払っている。

「期日を前倒しにするんですね」

「うん、大月様とは仕事上のつきあいもあるからね」

「わかりました。車、出します」

「よろしく〜」

パレドールセンチュリーの場所を地図で確かめると、初衣は保管庫から鍵を出した。車でいけば五分もかからない。風邪をひかせるまえには着くだろう。


目的のマンションの前につくと、ガードレールに男が一人、腰を下ろしているのが見えた。そばに大きなスーツケースがある。

あれが大月氏？　初衣はハンドルにあごを乗せるようにしてフロントガラス越しに見つめた。ファイルで見た生年月日では中年と言っていい年齢のはずだったが――。

男は初衣が車を降りたのに気づいて顔を上げた。

若い。まだ二十代後半と言ったところか。しかもずいぶんきれいな顔をしていた。

髪は長めで柔らかくウェーブがかかり、染めているのか灰色がかった茶色だ。肌は白く、切れ長の目に細い鼻、口元は楽しげに口角があがっている。金の冠でもかぶせたら似合いそうな――、そう、王子様顔だった。

薄いストールを巻いているが、全体的に薄着で、十一月という今の時期では、確かに風

邪をひいてしまうだろう。

「――」

男は少し首をかしげ、しげしげと初衣の顔を見つめた。視線が交わる。目が見開かれると愛嬌《あいきょう》のある顔になった。

「……不動産屋さん?」

ソフトで優しい声。初衣は自分が男に見惚《ほ》れていたことに気づいた。

「あ、は、はい。ベータホームズの穂高と申します」

顔が赤くなっていないかしら、と初衣は頬に手をやった。男はガードレールから体を離して、そんな彼女の目の前に立つ。

「お待たせしてすみませんでした」

初衣は名刺を渡した。男は受け取った名刺に目を落とし、名前を読んだ。

「ホダカ、ウイさん?」

初衣は驚いた。初対面で自分の名前を正しく読める人間なんて初めてだ。初衣の中で男への好感度がさらにあがる。

「大月さま、ですね」

「うん? いや、僕は檜垣《ひがき》っていうんだ。大月は契約した人――」

「え?」

「檜垣暁也《あきや》です」

男——檜垣暁也はにっこりと笑った。華やかな笑みだった。

「大月様ではないのですか？」

「うん。借りたのは確かに大月さん。でも住むのは僕。まあ誰が住もうが借りちゃったら不動産屋さんには関係ないでしょ？」

「関係ないことはありませんよ！」

初衣の声が思わず大きくなる。好感度はたちまち下がり、マイナス一になった。

「こちらは大月様がお住まいになるということでその方の契約でお貸しするんですから」

契約者とは別な人間が入居している場合、不動産屋はその人間を追い出すこともできる。

「じゃあ、大月さんの同居人ってことならＯＫ？」

「はあ？」

「とにかく中で話をしようよ、寒くてかなわない」

檜垣暁也は初衣の肩をくるりと回して背を押した。

「いや、あの、待ってください」

「なんなら大月さんに電話して確認してもいいよ」

仕方なく初衣はオートロックを開け、暁也を中に入れた。念のため所長に電話をすると、万事客の言う通りにしてくれと言う。

初衣は電話を切ると暁也の方を向いた。顔はこわばって笑みが作れない。

「わかりました。それではお部屋にご案内します」

「――真面目なんだね、初衣ちゃん」

ちゃん⁉

初対面の人間にそんな呼ばれ方をして初衣は固まった。だが、かろうじて表情を変えずに済んだ。

「こちらです」

部屋に案内すると、ガランとしたフローリングの床の上で、暁也は腕を抱えた。

「部屋の中も寒いねえ」

「そういえばお引っ越しのお荷物などは？」

ふと気になって聞いてみると、暁也はまたあのとろけるような笑みを見せた。

「うん？　これだけだよ」

暁也はひっぱってきたスーツケースに視線を向けた。

「衣服と商売道具。家電は入る部屋にあわせて買おうと思ってさ。とりあえず必要なのは暖房器具だな。ストーブ、ホットカーペット、エアコン、こたつ――なにがいいかな」

ぐっと顔を覗《のぞ》き込まれるようにされて、初衣はあわててのけぞった。

「や、やっぱりエアコンがいいんじゃないでしょうか？　部屋全体を暖めますし」

「そっか。この辺に電気屋さんってある？」

「駅前に行けば大きな家電量販店が二軒あります」

「ふうん」

晩也はちょっと首を傾げた。

「初衣ちゃんはこのあと会社に帰るんだよね」

「――穂高です」

晩也は名刺を見た。

「会社は駅前の方にあるんじゃないの」

「そうですけど……」

「乗せてってくんない？」

「は？」

パン、と目の前で両手があわさった。晩也が初衣を拝むようにしている。

「駅前まで。家電屋さんまでお願い！」

それは不動産屋の仕事ではない、と一度は断ったが、所詮お客様商売、重ねての頼みを引き受けざるを得なかった。

晩也を助手席に乗せて、初衣は車を会社の方角――駅前に走らせた。

「エアコン出しているメーカーっていくつくらいあったっけ」

「代表的なところで九社くらいでしょうか」

「三菱、ダイキン、日立……？」

「パナソニック、シャープ、東芝、富士通、コロナ」

「詳しいね」

「実家が電気屋だったので」

「ああ、そうか、そうだったね」

――ん？

今、暁也の口調になにかひっかかった。

「ねえ、ついでに選ぶのもつきあってくれないかな」

「私は仕事がありますので」

「所長さんはお客の言う通り、便宜を図ってやれって言ってなかった？」

冷たい目で睨《にら》む初衣に暁也はにんまり笑いかける。好感度はもう地に落ちていた。


駅前のショッピングセンターでコーヒーカップや食料を買っていくから、という暁也からようやく解放されて、初衣は会社に戻った。結局エアコンだけでなく、電気毛布やケトルを買うところまでつきあわされたのだ。事務所では所長が心配そうな顔で待っていた。

「大丈夫だったかい？」

「なんです、あのお客……」

初衣は自分の席に戻ると所長を睨んだ。所長は気弱な顔になると、

「いや、大月さんてさ、けっこう事務所とか借りて手広くやってる人でさ、断れないのよ」などと言う。

「あの人は大月さんのなんなんです？」

初衣はあまり顧客のプライバシーに興味はもたない方だが、檜垣暁也という男は強烈すぎた。だからつい詮索めいたことを口にしてしまった。

「うーん、なんとなく大月さんの言い方だと……」

所長は肩をすくめ、手を頬に当てると、妙な身体のくねらせ方をして、

「愛人——ぽいけどね」

「は？」

初衣は目をパチクリさせた。

「え？　だって、大月さんて男性ですよね」

「うん」

「え？　え？　あの、つまり」

「ホモ、いや、今はゲイって言うの？　そんなの」

初衣は口をぽかんと開けた。あのきれいな男が……男の愛人？　そんなの芸能界とかマンガとかの中のことかと思っていたけど。

(でも……まあ、そう言われれば)

妙に愛嬌があるし、金払いもよかったし。

(でもゲイなんて)

もったいない、と初衣は思った。あんなにきれいでかっこいいなら、いくらでも女性にもてるだろうに。


翌日。

お昼を回った頃、初衣に電話があった。昨日のゲイ、いや、檜垣暁也からだった。

『部屋の内装のことで重要な話があるのできてほしい』

賃貸の部屋は基本、内装に関しては借り主が自由にできるものではない。

初衣がそう説明してもとにかく来てほしい、と繰り返すだけだ。声になにか必死な調子が伺える。所長に言うとなにも答えずただ両手をあわせて拝まれた。

「坂本さんじゃだめなんですか」

今日は男性社員が一人残っている。

「担当は出来るだけ変えない方がいいだろう？　それにご指名でしょう？」

「賃貸契約を結んだのは所長じゃないですか」

「僕は大月さんと結んだんだもの。頼むよ、穂高さん」

「わかりました」

初衣は零れそうになったため息を押しとどめた。仕事でため息などつかない。

それが初衣のポリシーだった。

だが。

初衣はこのあと檜垣暁也のために何度もポリシーを破るはめになるのだ。


部屋の前でチャイムを鳴らすと、まるで待ち構えていたかのようにドアが開かれた。

「ああ、初衣！　来てくれたんだね！」

暁也はこの寒いのにシャツ一枚で、しかもその胸もとは大きく開かれている。その格好にも、呼び捨てされたことにも驚いて、初衣は硬直した。

「な、な、な……」

仰天している間にぎゅっと抱きしめられる。初衣はようやく我に返って暁也の腕の中で暴れた。

「や、やだ……っ！」

「しいっ、ちょっとの間、話あわせて！」

くっつきながら暁也が耳元で囁《ささや》く。その間にも彼はぐいぐいと体を押しつけてきた。

「ちょ、ちょっとっ……」

「黙っててくれればいいよ」

「や、やめてっ」

初衣は暁也の体を必死に押し返した。その時になって彼の後ろにもう一人、別の人物が立っていることに気づいた。

その男は二人を見て青くなり、やがて真っ赤になった。少し広がった生え際だけが、複雑な紫色になっている。年の頃は四十代か。

「あ、暁也。君は僕を裏切ったのか！」

「裏切った？　それはそっちだろ。そんな魂胆でこの部屋を用意してくれたとは思ってもいなかったよ」

男がつきつけている指が震えている。昨日の所長との話から、初衣にもこの状況が瞬時に理解できた。

「ちょ……っ」

「しーっ、もうちょっと我慢して」

暁也は微笑んで囁くと、男に向かって真面目な顔で振り向いた。

「とにかく僕にはカノジョがいるんだ。諦めてくれ」

まるで三文芝居の台詞のようだ。だが頭に血が上っているらしい男は暁也の台詞を真に受けた。

「きっさまー……っ」

男は暁也にむしゃぶりつき、その体を初衣から引きはがした。そしてそのまま振りあげた右手を暁也の顔に叩きつける。

「あっ」

叫んだのは初衣だった。暁也は勢いよく転がり、壁に体をぶつけた。

「檜垣さんっ」

初衣は持っていたバインダーを放り出して、慌てて暁也のもとに駆けつけた。

「大丈夫ですか？」

「……ってえ……」

暁也の唇が切れて血がにじんでいる。初衣は立ち上がり、男を睨みつけた。

「女はひっこんでろっ」

「警察に電話するわよ！」

スマホを握って叫ぶと、男は怯《ひる》んだように後ずさった。

「こ、これですんだと思うなよっ、暁也！　すぐにここから出ていってもらうからな！」

男は捨て台詞を残して慌てて外へ逃げた。追いかけようと思ったが暁也がうずくまったままなので、初衣はキッチンへ走った。

「……」

生活臭がまったくないキッチンには布巾どころかタオルもない。仕方なく初衣は自分のハンカチをポケットから出して、水に濡《ぬ》らした。

「使ってください」

固く絞って差し出すと暁也はそれでも笑みを見せた。

「ああ、ありがと……いてて」

「つまらない真似をするからですよ」

「彼が僕を殴れるような状況を作りたかったんだ……そうでもしないと収まらないだろうから」

「内装がどうのこうのっていうのは嘘なんですね」

「ごめん」

初衣は膝をつくと暁也の顔を覗き込んだ。

「ああ……、腫れてきちゃいましたね」

暁也の白い頬が真っ赤になっている。明日になれば青痣《あざ》になってしまうだろう。もとがきれいな顔だけに痛々しい。

「もっと冷やさなきゃ……」

「あ、あれがある――」

暁也が視線を投げた。その先に白くて四角い箱があった。

「大月さんがケーキ買ってきてたんだよ。それに保冷剤が……」

初衣は立ち上がるとその箱を開けた。たしかにケーキだ、崩れてぐちゃぐちゃになっているが。そして保冷剤もあった。

あの人は暁也とケーキを食べようと買ってきていたのだ。

初衣は暴力は嫌いだが、少し大月氏に同情した。

「タオルとか、なにかないんですか？」

「え？　うーん……」

振り向いて聞くと、暁也はのろのろと立ち上がった。スーツケースを開け、中から大きなスカーフを出してくる。

「これでいい？」

「……まあいいですけど」

初衣は保冷剤をスカーフにくるみ暁也に差し出す。

「ほら、ちゃんと冷やさないと色男がだいなしですよ」

「あはは。心配してくれんの？　てて……」

「あなたなんてどうせ顔だけなんでしょう」

「あはは、あいかわらずキツイな」

「あいかわらずって」

そんなに言われるほど顔をあわせてないわよ。

暁也はスカーフを頬に当てると「ふう」とため息をついて壁に寄りかかった。

「あなた、あの男の人と……大月さんと、その……」

「僕はいい友人だと思っていたんだけど、彼はそうじゃなかったらしい。どうも僕は自分に向けられる好意に関しては、判断を見誤るらしい」

世の中にそういう性質の人間がいることは知識としては知っていたが、間近にいて、しかも自分が痴話喧嘩《ちわげんか》に巻き込まれるとは思わなかった。

「前に住んでいたとこも似たようなトラブルがあって、それで引っ越しすることにしたんだ。大月さんに相談したらどの街がいいって聞かれて……」

初衣は窓から下を見たが、もう大月氏の姿は見えない。

「吉祥寺に住もうと思ってると言ったらすぐにマンションを用意してくれた……感謝してたんだよ、ほんとに。だけど、急に告白、押し倒しっていうのは……」

危ないところだったのね、と初衣は胸の中で呟いた。

「ああっ」

背後で聞こえた暁也の悲鳴に慌てて振り向いた。

「ど、どうしたんですか！」

「保冷剤落ちた！」

膝をついて覗き込んだ初衣に暁也は笑った。初衣はがっくりと力を抜いた。

「脅かさないでください」

床に落ちた保冷剤をもう一度スカーフにくるむ。

「君は優しい人だね」

「はあ？」

「心配してくれてるだろ？」

「お客様ですから。エアコンも買いにいったし——ってエアコンどうするんですか？　ここにはいられないんですよね？」

「返品かなあ」

「お店の人がガッカリしますね」

初衣は我がことのように眉をひそめた。

「ああ、ほっぺたが凍りつきそうだよ」

暁也はスカーフを離して痛そうにぼやいた。

「感覚がないや」

「冷やしとかなきゃだめですよ。明日ひどい顔になるわ」

初衣はスカーフを持った暁也の手を上から押さえて頬に当てさせた。暁也が長いまつ毛を上げて初衣を見あげる。

「困ったな……」

「なにが？」

「お芝居につきあってもらうだけのつもりだったんだけど、やっぱりだめだ」

「え？」

暁也の目はきれいなアーモンド型をしている。その目を髪と同じ、少し色素の薄いまつ毛がびっしりと取り巻いていた。こんなに近くだとそれが男の人の目なのか女の人の目なのかわからなくなる。

暁也のそのまつ毛が一度ばさりと閉じた後、初衣は唇に柔らかな弾力を感じていた。

（え？）

血の味がした。

動悸《どうき》は会社へ戻ってからも鎮まらなかった。

「あ、穂高くん、どうだった？」

所長がのんきな顔で問いかけてくる。それに初衣が視線を向けると、「ほ、報告はあとでいいよ」とあわてて眼をそらした。

初衣はものも言わずにトイレに駆け込み、手を洗い、バシャバシャと顔を洗ってうがいをした。

顔は何度洗っても赤いままだった。冷やしても冷やしても火照りが頬に昇ってくる。

（心臓の脈が速いのも息が苦しいのも怒っているからなのよっ！）

暁也にキスされたとわかった後、初衣は相手が怪我人なのもかまわず突き飛ばしてパレドールセンチュリーを飛び出してしまった。驚愕《きょうがく》と怒りと羞恥は車を運転している間中、ぐるぐると初衣の中を駆けめぐった。よく事故らなかったものだと思う。

（あいつ……！　人が同情してやればつけあがって！　バカッ、ヘンタイ！　男のクズ！）

水に濡れた自分の顔をじっと見る。髪と同じ、黒く濃い眉が意志の強そうな顔を作っている。眼は大きいが白目の部分の方が多い。しかしマスカラを塗らなくてもボリュームのあるまつ毛のせいでやはり強い印象を与える。宝塚の男役だった女優に似ていると今まで何度か言われたことがあり、学生時代には女子にもてた。

男にもてなかったのは、バスケばかりやっていたせいということにしておこう。

社会人になり、実家の電気店をつごうか就職しようかと悩んだが、父親の「店は母さんと二人でやれるだけやって終《しま》いにするよ」という言葉を聞いて就職を決めた。

しかし世の中は不況の真っ只中《ただなか》で、ようやく拾ってくれたのが大手不動産会社の系列であるこの会社だった。

別に不満はない。接客は好きだし、扱っていれば住宅にも愛着は湧く。だが、いくら大手不動産の系列とはいえ、小さな事務所は恋愛ができる環境ではなかった。

実はお見合いもしたことがあるし、友達の紹介で合コンにも行ったが……男性とつきあうまでには至らなかった。

だから。

ファーストキス。

それがおふざけで奪われたなんて！

初衣はもう一度うがいをした。唇に血の味が残っている気がする。殴られた顔のままで暁也がキスしたからだ。

（私、なんで動けなかったの！）

穂高初衣一生の不覚だ。

二十五になってまでファーストキスに夢をもちはしないが、だからと言って好きでもなんでもない男にくれてやるほど安っぽいものではない、だんじて！

（あぁっ、もうっ。どうしてやろうかしら）

その日はそれからずっと――。

社内では誰もが初衣にびくびくとし、妙な緊張感が漂い、お客さんも店に入ったとたんに「あれ、暖房きいてないね」と言った。

初衣は終業と同時に帰宅したが、晩ご飯を食べてもテレビを見ていても、不意にあの唇の感触が蘇《よみがえ》り、その度にリビングの床を転げ回るはめになった。


翌日、遅れて出社した初衣は――昨日は眠れなくて今朝頭痛がしたのだ――自分の机の上にバインダーが置いてあるのを見つけた。それは昨日暁也の家に持っていった時、放り出してきたはずのものだった。

「所長、これ……」

まだ少し初衣に怯《おび》えているような所長に聞くと、

「ああ、さっき檜垣さんが持ってきたんだよ」と答えが返ってきた。

「え？」

「昨日の話は聞いたよ、契約者の大月さんと喧嘩して部屋を追い出されたって。で、新しい部屋を世話して欲しいそうだよ。担当は必ず穂高さんにって」

「私はいやです！」

間髪を入れずに答えると、所長はびくっと体をすくませ、気弱な笑みを見せた。

「ああ、大丈夫。お断りしたから」

「えっ？」

「だって大月さんと喧嘩だよ？　そんな問題起こすような人、お世話できないじゃない。大月さんに悪いし」

「それは……」

「君を待ってたみたいだったけど、結局さっき出ていっちゃったよ。すまなかったって伝えてって言われたけど、昨日本当はなにがあったの？」

初衣はバインダーをとりあげた。その下にハンカチが置いてあった。昨日暁也に貸したものだ。きれいに洗ってしわもない。アイロンは買ってなかったはずだったから、窓にでもはりつけてしわを伸ばしたのか。

「……別に、なにもありません」

初衣はハンカチを手に取ると、それをポケットに戻した。これはお気に入りのハンカチなので捨てるわけにはいかない。

「すいません、ちょっと出てきます」

そう言うと、初衣は所長がなにか言う前に店を飛び出した。

店の前で左右を見たが暁也の姿が見えるわけもない。少し考えて駅前へと足を向けた。ベータホームズで家を探すことを断られたなら、別の不動産会社に行くだろうと思ったのだ。駅前にはいくつもの会社がある。

歩いていくとにぎやかな音楽が聞こえてきた。昨日、暁也と買い物をした家電量販店だ。なんとなく店の前に行くと、目の前のエレベーターから暁也がひょっこり降りてきた。手にスーツケースと電気屋の紙袋を持っている。

「あ、初衣ちゃん」

暁也が手をあげて笑った。思わず回れ右して走りかけた初衣の背中に「待ってよー」と情けない声がかけられる。

初衣は振り向くことを拒絶している首を無理やり動かした。

「エアコンは夕べのうちに電話で断ったんだけど、この電気毛布のことを言うのをうっかり忘れててさー。一回使っただけだからひきとってもらえないかな、って持っていったんだけど」

「……無理でしょう」

「うん、無理だった」

暁也はへらっとした笑顔で答える。

「エアコンもねー、せっかく初衣ちゃんに選んでもらったのに、悪かったね」

「私は別にいいですけど……エアコンがかわいそうです」

初衣の言葉にくすっと笑って、暁也はガードレールに腰かけた。

「残念だったな、初衣ちゃんの選んでくれたエアコンを使えると思ってたのに――君んちの所長さんは物件を案内してもくれないんだよ」

「あの、ほんとに追い出されたんですか？」

初衣は遠慮がちに聞いた。暁也から一メートル近く距離をとっているのは、昨日のアクシデントが頭にあったせいだ。

「うん、今日はホテルを探さなきゃ」

「このへんに友達とか知り合いとかいないんですか？」

「ああ、このあたりは初めての場所だからね。前までは六本木に住んでたんだ」

「六本木に戻ればいいんじゃないですか」

「いや」

暁也は首を振り、初衣を見上げた。

「この町に住みたかったんだ。どうにかならないかな？」

茶色く透き通った大きな目が初衣を見つめる。初衣は暁也の顔に視線を向けた。やはり頬が腫れている。だが、昨日冷やしたのが効いたのか、美貌が崩れるほどではなかった。

視界に暁也の唇が入ると、いやでも昨日のことを思い出す。初衣は出来るだけそれを考えないよう努力した。

「所長に……言ってみます」

昔から頼られるといやとはいえない性格だった。

「そんなこと言われても」

初衣が暁也を連れ帰ったのを見て、所長は渋い顔をした。

「要は大月さんに知られなければいいんでしょう？　所長がばらさなきゃわかりませんよ。檜垣さんは物件はなんでもいい、手数料も現金で即金で払うって仰ってるんですよ？」

初衣の交渉に所長は口をとがらせたが、反対意見は言わなかった。

「それにしてもおたく、仕事はなにをしているの？」

仕方なく、といった感じで所長は席について書類を出したが、暁也が「占い師です」と言ったとたん、それをひっこめてしまった。

「占い師ィ？　ちょっとそれは困るよ。うちは定職のある人をお世話してるんだから」

「定職ですよ」

暁也はけろりと言う。

「僕はかなり腕のいい占い師で、上客も大勢ついています。今まで家賃を滞納したことはありません」

「それにしたって占い師なんて水商売と同じじゃないか。いや、差別するわけじゃないけどね、あなたは大月さんと問題も起こしているし、職業だってそういうあやしげなものだとちょっと困るんですよ」

「僕がどれだけ腕のいい占い師か立証できればいいですか？」

暁也は落ち着き払って言った。次の瞬間、彼の手の中に一束のカードが出現している。

暁也はそのカードを水を扱うようになめらかに動かすと、たちまち机の上に撒《ま》いて円を描いた。

真ん中に残りのカードを束ねて置き、ゆっくりと所長を見上げる。

「さて」

暁也の優しい声が不思議な響きに変わった。

「所長さん、あなたのご自宅はここから離れたところですよね。家には車があって奥さんとお子さんが一人、二人……三人、いらっしゃる」

「う、」

所長は暁也の言葉にのけぞった。

「最近、体調はどうです？　胃が痛いとかありませんか？」

所長はおなかを押さえる。

暁也の低く、響きのある声がゆっくりと事務所の中に満ちていく。明るい不動産会社の店内が妖しげで不思議な空間になっていくようだ。

「世の中は不況ですからねえ、なかなか働きに見合う給料ももらえない……うん、株や投資信託なんかもはじめようかとお考えで？」

所長が青ざめる。

「しかしそれは止めておいた方がいいでしょう。貯金に回された方がいい、使わなくていい神経を使ったあげく、たいした利益も見込めませんね――それより」

暁也はカードを手のひらで指した。

「一枚どうぞ。お好きなカードを開けてください」

暁也の言葉には誰も抵抗できないような力強さがあった。人でない、天が発するような声、というような。

所長がおどおどと暁也の顔とカードを見ている。今までの彼の言葉が当たっていることが、所長の表情から伺えた。

やがて所長はこわばった指でカードを一枚ひっくり返した。そのカードには女性の絵が描いてあった。暁也はそれを見て微笑んだ。

「これはいい、所長さん。近いうちになにかビッグイベントがあるでしょう。それをチャンスととらえて勝ち運を手に入れるかはたまた黒星になるかは――」

パタン、とカードを伏せると暁也はひじをつき、顔の前で両手の指を親指から順番に重ね合わせた。

「今後僕がお近くでじっくりと助言いたしましょう」


所長は暁也にいくつかの物件の書類を見せた。彼が暁也の信奉者になってしまったことは傍目にも明らかだった。

暁也が見ている物件の中の一つを見た初衣は、はっとしてカウンターに駆け寄った。

「ここはだめです！」

伸ばした手の先で書類を奪われた。

「なんで？　いいじゃない、ここ」

暁也は明かりに透かすようにして物件の間取りを見ている。

「だめっていったらだめ！　そこは、――そう、住んでいる人がうるさいんです、いろいろと！　占い師なんて絶対いれてくれません」

「ええー？　でも間取りもいいし、ここにも近いし」

ねえ、と暁也は所長に書類を振って見せる。書類をちらっと見た所長は相好《そうごう》をくずした。

「いや、そこはかなりいいですよ。なんせうちの社員も入っているくらいで」

「所長！」

初衣が怒鳴ったがあとのまつりだった。

「そりゃあ、安心だなあ。どの社員さんです？」

「ああ、それは――」

所長は外へ逃げ出そうとしている初衣の背中を指さした。

こうして檜垣暁也は初衣と同じマンションの住人になった。


暁也は新しいマンションの鍵を開けると部屋に上り、窓を開けた。

こもっていた空気が、冷たく乾いた風にさらわれてゆく。

「ああ、なかなか景色がいいねえ」

暁也はそう言うと振り向いて笑った。その顔はまるで子供のように無邪気だ。

初衣は不動産屋にあるまじき仏頂面で、部屋やマンションの説明を続けた。

「初衣ちゃん」

「――ゴミの分別についてはこちらに分別表がありますからそれに従ってください、大きなものや電化製品はコンビニなどで粗大ゴミシールを買って――」

「初衣ちゃん」

二度目の呼びかけに初衣は棒読みの説明を止めた。暁也が窓辺で笑っている。

「そんなに僕がここに引っ越したの……気に入らない？」

「当たり前でしょ！　第一あなた昨日のことだって謝ってないじゃないですか！」

暁也は微笑んだまま首を傾げた。

「謝らなきゃいけないことだった？」

「当たり前です！」

「初めてだった？」

「当たり前で――ッ」

初衣は口を押さえた。暁也はうれしそうな顔になった。

「そうだったんだ、ごめんね、びっくりさせたね」

「びっくりって――！」

そういう問題じゃない、と初衣は足を踏みならした。

「でもふざけた気持ちじゃないよ、昨日も言ったけど、冗談ですませられなくなったって
……本当に君のことずっとずっと好きだった」

暁也は窓辺から離れると、ゆっくりと初衣に近づいてきた。

「それがふざけてるって言ってるんです！」

初衣はドアの方を見た。今なら逃げられる。

「ずっとって、こないだ会ったばかりじゃないですか！」

一瞬、暁也が傷ついたような悲しそうな顔になった。彼ははじめて初衣から視線をそらし足下を見た。

「――うん、そうだね、でも」

再び目に力をこめ、初衣を見つめる。

「マンションの前で君が会社の車から降りてきたときから好きだったんだ」

「冗談やめてください」

「冗談なんかじゃないよ。本気だよ」

逃げられたはずなのに、初衣は動けず壁にはりついているだけだった。

「僕は君に一目惚れだったんだ。君は……僕のことが嫌い？」

暁也がそっと初衣の右手をとり、自分の頬に導いた。腫れて熱をもっている筈《はず》の頬がひんやりしている。これは自分の体が熱いせいだ。

逃げ出したいのに足が言うことをきかない。まるで暁也に催眠術でもかけられたようだ。

「僕のことが嫌い？」

暁也はもう一度言った。見つめてくる茶色い瞳、すがるような頼るような。そうだ、この瞳のせいで家電量販店から暁也を会社につれて帰ったのだ。

「きら……」

視線はからかっているわけでもふざけてもいなかった。まっすぐに向けられるそれに、初衣は言葉を飲み込んだ。

「そんな、の……わ、からない……」

初衣は顔を伏せ、呟いた。キスされたことは確かに腹立たしかった。じゃあなぜ翌日、店に来た暁也を探しに行ったのか、なぜ店につれてきてしまったのか。

本当に怒っていたなら、嫌いだったなら、二度と顔も見たくないのに。

わからない。

「わからないなら——つきあってみないか」

ハッと顔をあげると、暁也の顔がすぐ近くにあった。

「君は真面目だから一目惚れなんて占いくらい信じないだろう？　だったら実践してみればいい」

「わたしは——」

「僕は君のいい恋人になるよ、保証する」

「でも、好きになれるかどうかなんて……」

「キスするよ、いい？」

びくっと初衣が体を硬くすると、暁也が手を軽く握った。視線をそらすこともできず、

彼の顔が近づいてくるのを見つめる。あまりに近くて焦点があわなくなったところで――

初衣は目を閉じ、唇に温かなものが触れた。

それはすぐに離れた。

「――いやだった？」

目を開けると暁也が心配そうに見つめている。

血の味はしなかった。

いやではなかった。


いやでは……なかった。


初衣は暁也の手をほどくと玄関へ向かった。

「初衣ちゃん……」

「エアコンを――」

初衣は真っ赤になった顔を暁也に見られたくなくて、うつむいたまま早口で言った。

「エアコンを買いにいきましょう。あれ、この部屋にも合います、きっと」

「やった！」

背後で暁也が躍り上がった気配がした。

「ところであの占いなんですけど」

家電量販店で手続きをしている間に初衣は聞いた。

「ほんとにあのカードで所長のことあんなにわかるんですか？」

「あ、あれはね、半分ははったりと推理」

「はあ？」

暁也は「種あかし」とでも言うように手のひらを広げてみせた。

「所長さんの机の上を見てね、定期があったから、その地名で遠いとこに住んでるなって思ったの。あんな田舎じゃ車は常識でしょ。それに遠くに住んでここまで通勤ってことは当然家族がいるでしょ、子供の数は所長さんの顔見ながら反応のある数字を言っただけ」

「え？　じゃあ胃が悪いっていうのは」

「あれは所長さんの口臭がキツかったからさ、胃が悪いだろうなと。それであの年代で胃を痛めているとすれば金銭的な面か、家族のことだろうなって。投資信託の本とか机の上にあったからね、最近興味を持って調べているんだろうと。当たったみたいだけど」

「あきれた、じゃあ止めろって言ったのもはったり？」

「素人がすぐに儲《もう》けられるようなモノじゃないもの、止めた方がいいのは当然」

「最後のビッグイベントっていうのは？」

「あれは本当にはったり」

　暁也は笑った。

「生きていればなにかしらは起こるよ、それをイベントだって言ってやればいいだけの話さ。たとえば子供が生まれるかもしれないし、親が亡くなるかもしれない。久しぶりに友達が訪ねてきたり、兄弟が出世したり」

「よくもまあ……」

　初衣はあきれ返った。ものも言えないというのはこういうことか。

「でも僕が優秀な占い師っていうのは本当だよ。顧客には政治家や芸能人だっている。だから家賃の滞納だけはしないから安心して」

　暁也は所長さんには内緒だよ、とウインクした。

　別れ際、暁也がじゃあねと手を振った。雑踏の中で長身の彼が手を振っている。

　ふと初衣はいつかこんな光景を見たような気がした。

　デジャヴュ？

　なぜだか甘酸っぱい郷愁に似た――。

　指で触れた唇が熱い。かすめただけのような口づけなのに。

　これからあの男とつきあうのだ。得体のしれない、きれいで、わがままで、ヘタレで、詐欺師で、ハッタリやで、でも憎めないって、なんて最悪な男。

初衣が檜垣暁也という男にこのさきどれだけ振り回されるかは——このときの彼女はまだ知る由もなかった。

ACT2　違法契約物件

顔つきから誤解されるが穂高初衣は短気ではない。

気が強そうな顔をしているだけで、実際は小心者だし気も長い。そう自分では思っている。

だから待ち合わせの相手が五分や十分遅れても気にはしない。

逆に三十分も連絡なく遅れるようだと、事故にでもあったのかと心配になる。その心配のぶんだけ、腹が立つのだ。当の相手がへらへらと手を振りながら「ういちゃーん！」と叫んで注目を集めたりすると、なおさら！

「ごめんごめん」

早足で歩く初衣の回りを檜垣暁也が右に左にまとわりつきながら謝る。

「スマホの充電がなくなっちゃって」

「電車が遅れてしまって」

「お客さんがなかなか帰ってくれなくて」

「そんなのはどうでもいいんです！」

初衣は怒鳴りたい声を抑えて言った。

「なんでそんな格好をしてるんですか！」

「え？　おかしい？」

十二月になろうとしているのに、暁也は薄いシャツ一枚にストールをはおっているだけだ。しかもそのストールは一見しただけでも高価だとわかる生地に豪華な花の刺繍《ししゅう》入り。

なんというか、派手すぎる。

暁也とつきあうことになって三日目、初めてのデート。初衣だってそれなりにがんばってオシャレをしてみた。しかし暁也のこの派手さの前では「23区」の小粋なツーピースも霞《かす》んでしまう。

「これ、お客さんからのプレゼントなんだよ。着ようと思っていたコートに染みを作っちゃってさ。仕事場にずっと置いていたのを思い出して」

「女モノでしょう、それ」

「あったかいよ」

ふわりとストールが肩にかけられる。うっとりするような手触りと優しいぬくもり。暁也の長い腕が肩に回された。

「ちょ、ちょっと、やめてください、檜垣さん」

「ん？　あったかくない？」

「あ、あたたかいけど、そうじゃなくて、くっつかないで」

「どうして？　僕たちつきあっているんだよね？」

「そうですけど……私まだあなたを好きだなんて言ってないし」

「あれえ？」

暁也は首を傾げて初衣を覗き込んだ。

「初衣ちゃんは好きでもない男とつきあったりキスしたり……うげっ！」

初衣のひじ打ちが暁也のボディに決まる。自分は決して短気ではなかったはずなのだが。

「こんな人混みで大声でそんなこと言わないで！」

「大声出しているのは初衣ちゃんだろ」

「アレはあなたが勝手にしたんじゃない！」

「抵抗しなかったよね」

「それは……」

あの時のことは何度考えても初衣には納得がいかない。どうしてキスすると言われて拒まなかったのか。唯一答えがあるとしたら。

――魔法にかかったよう――

でもさすがにそれは現実的ではないので言わない。代わりに、

「檜垣さんが催眠術でも使ったんじゃないんですか？」

「本気で言ってるの？　初衣ちゃん」

心の底では実は本気かも――。

「で、どこまで行くのかな」

暁也の声に初衣ははっと立ち止まった。食事をするために歩いていたのに、目的の場所を通り過ぎてしまったようだった。

「気がついているなら教えてください」

暁也がにこにこしながら初衣の顔を見ている。

「なにがおかしいんですか」

「違うよ」

顔を近づけて囁く。

「怒っている初衣ちゃんの顔がきれいだから見惚れていた……うがっ！」

裏拳が暁也の鼻にヒットした。


初衣が暁也を連れて行ったのは以前友人たちと食事したイタリア料理の店だ。ヤリイカのフリットが絶品で、手ごろな値段のおいしいワインが揃《そろ》っている。

色鮮やかでかわいい鎌倉野菜のバーニャカウダからはじまり、フリット、カプレーゼ、季節のパスタに蜂蜜色の鶏のロースト。

　メニューに目新しさはないが吟味《ぎんみ》された素材と、丁寧に下ごしらえした、妥協のない味付けが気に入っている。

　料理に奇抜さなどいらない。おいしいものをおいしく食べたい。

「うまいね」

　暁也が嬉《うれ》しそうに言う。初衣はちょっとほっとした。初めてのデートで外したくない。

「お気に入りの店があると、その町が好きになるね」

「あと会社の近くにおいしいカレー屋さんもありますよ」

「へえ、今度教えてよ」

　暁也が手慣れた様子で初衣のグラスにワインを注ぐ。微発泡のシチリアの白ワイン。口に含むと花の香りが立つ。

　くすくすっとかすかな笑い声が聞こえた。視線を向けると隣のテーブルの女性客が笑いあっている。彼女たちはチラチラと暁也を見ていた。

　用心深く別方向のテーブルを盗み見ると、その席の女性たちも暁也を見ている。なにかひそひそ言いあっていた。

　あちこちのテーブルから暁也に熱い視線が投げかけられているのに、今更ながら初衣は気づいた。

「……ホスト？」

「ホストかしら」

そんな声が耳に届いたような気がする。

「初衣ちゃん、飲まないの」

暁也がワインボトルを手にする。グラスに注ぐその手つきも優雅だ。自分のグラスに注ごうとする暁也を初衣は慌てて止めた。

「い、いいの。ワインは自分で注《つ》ぐから」

「女性に手酌はさせられないよ」

「結構です！　私、手酌派ですから」

初衣は強引にボトルを奪うとドボドボとグラスに注いだ。暁也と比べて酷く無骨だ。でもこれ以上暁也をホスト呼ばわりされたくない。本人は占い師だと言っているんだから。

（っていうか）

初衣は眼の前でニコニコしているきれいな顔を見つめた。

（占い師なんて嘘じゃない？　ほんとは――ホストで、このままつきあっていたら、私、そのうち壺とか高級な絵とか買わされたりして）

いろんな商売がごっちゃになっているがそんなことはどうでもいい。

（占い師って……いったいなにをしてるんだろ？）

むしろホストと言われたほうが仕事的にはわかりやすいのだ。初衣のイメージの占い師とは街角で小さなテーブルを出して筮竹《ぜいちく》をもてあそんでいる人だったり、スーパーの階段のそばでタロットカードを並べている人だったり、TVに派手な化粧で出演してたり。

(派手って部分はあってる……)

「どうしたの？　初衣ちゃん」

暁也が不思議そうな顔で見つめてくる。

「な、なんでもありません！」

初衣はぐいっとグラスを煽《あお》った。

(どんなこと、してるんだろう)

初衣は暁也のことが知りたかった。

食事をしておしゃべりをしてそのままマンションまで帰ってきて。

コーヒーでもどう？　と言われたが、初衣は断って自分の部屋に戻った。

かたくなだっただろうか？

男性からあんなにも熱心に好きだ好きだと言われて、嬉しくないわけがない。

自分だって初めて会った時には暁也のきれいな顔に見惚れてしまったのだから。

(檜垣さんを嫌いなわけじゃない)

好意はあるがこれが愛なのか、恋なのか。

判断をする前にキスなんかされたから。

それにあんなにきれいでかっこいい人が私なんかを好きだって言うのが……。

(混乱しているんだよね)

暁也の知識は幅広く、話していても楽しい。見た目はいいし、嫌いになる理由は見つからない。

(たぶん)

初衣は壁を見つめた。この向こう、二部屋隣に暁也がいる。

(私があまりにも彼のことを知らないから……)

なにも考えず甘い言葉と笑顔に酔って男の腕の中に飛び込む……ということが初衣にはできなかった。

初衣は服のままベッドに横になった。ワインが心地いい眠気を運んでくる。

(檜垣暁也……ヒガキ、暁也……アキヤ……)

ストールに包まれたときの温かな感触を思い出し、初衣はいつのまにか眠っていた。

翌日は会社が休みだったので、初衣は昼までぐっすり寝ていた。

起きてからは、冷蔵庫の中の、使い切らなくてはいけないもので料理を作る。

初衣の休日は大体こんな感じだ。部屋でのんびりするのが好きなのだ。

ベランダの鉢植えに水をやっていると、下を暁也が通っていくのが見えた。例のストールを羽織っている。

そういえば今日も仕事だと言っていた。

「仕事……」

初衣は部屋に入ると壁にかけていたコートを手にした。急いで外へ出る。

走ればすぐに暁也の背中が目に入った。

「……」

自分はなにをやっているんだろう。人のあとをつけるなんてストーカーじゃないの。

(でも……)

暁也のことを知りたい。自分を好きだと言う男の人のことを。


中央線に乗って二十分、新宿に着いた。

人ごみの中でも暁也のほっそりとした姿は目立った。すれ違う女性たちがみんな振り返る。そう、そんな彼が私を好きだっていうのがやっぱり。

東口の改札を抜け、地下から地上へ出て紀伊國屋《きのくにや》書店の横の道を抜ける。

人をつけるという禁断の行為に、初衣は経験したことのない興奮を感じていた。

ひっくり返ったガラクタのように統一感のないビルの群れ。

さまざまな形の看板や店名がつらなりあらゆる色があふれるその繁華街のビルの一つに、暁也が入っていく。

「……」

入り口から覗くともう暁也の姿はなかった。エレベーターに乗ったらしい。

見上げると、階数表示が四階で止まった。

初衣は入り口に戻って郵便受けでビルに入っている店舗名を確認した。

五階建てのビルで暁也の降りた四階には六つのテナントが入っているらしい。いわゆる雑居ビルだ。

「バー葵《あおい》、ＫＳ設計事務所、ふくろう工房……」

残り三つは名前が入っていない。ただ四〇二、四〇四、四〇七と数字が書き込まれているだけだ。

暁也はこの名前のない部屋のどこかにいるのだろう。

「どうしよう……」

ここまでついてはきたが、そのあとのことは考えていなかった。

（えーい、ここまできたんだから、当たって砕けろ、だ）

初衣はエレベーターのボタンを押した。


四階の扉が開き、目の前にいくつもの扉が並んだ廊下が現れた。下で名前のあった三つの店は、ちゃんとドアにもその看板がかかっている。名前のなかったもののうち、四〇二号室には「(有) トヨスマーケティング」というプレートがついている。

（ということは、四〇四か四〇七ね）

初衣はちょっと考え、あるアイデアを思いついた。

四〇五号室は「バー葵」。初衣はそのドアをノックした。

時間が早いので誰もいないかな、と思ったが、中から「はーい」という男性の声がした。

「まだお店はやってないのよぉ」

声と一緒にドアが開けられて、現れたのは背の高い女性だった。

「え？」

女性？

思わず声が出て相手の顔をまじまじ見てしまう。

顔は男性だ。

だが服はドレスで。

「なんの用かしら」

声は男性で、口調は女性で――。

一瞬パニックになりかけたが、それを押さえ込み、初衣はぎこちない営業スマイルを浮かべた。

「すみません、ベータホームズという不動産会社のものですが」

「不動産屋さん？」

青々とした髭《ひげ》のそりあとがある大柄な「女装の男」は、頬に手を当てて小首（いや、太いが）をかしげる、というかわいらしいポーズをとった。

「はい。恐れ入りますが、あの、この階の四〇四号室と四〇七号室について、ちょっとお伺いしたくて」

「四〇四と四〇七ぁ？」

「はい、そちらの部屋はなんの事務所になっているかご存知でしょうか？」

「四〇七は確か情報誌の編集だわね……」

女装の男はそう答えた。

「では四〇四号室は？」

「四〇四は……」

言いかけて男はじっと初衣を見る。初衣は嘘がバレたかとドキドキした。いや、ベータホームズが不動産会社でそこに勤めているというのは嘘ではない。ただ仕事で聞いているわけではないというだけだ。

「あなた……」

男は初衣の顔をまじまじ見つめた。

「は、はい？」

「あなた、宝塚のなんとかって人に似てるわねえ！」

「は……」

「ね、言われない？　でもちょっと化粧が地味ね、口紅をもっと赤くしたらきっとずっとステキよぉ」

「あ、あの」

男は大きな身体をくねくねさせて叫んだ。野太い声が廊下に響き、初衣はあわてて手を振った。

「あ、あの！　四〇四は占い師さんがいるんでしょうか？」

「占い師？」

「え、ええ」

「ああ、暁也ちゃんのことね。ええ、そうよ。確かに占いやってるわね」

「ああ……」

初衣はほっと肩の力を抜いた。占い師というのは本当だったのだ。

「それで不動産屋さんがなんのご用なの」

「え？　ああ、いえ。ちょっと仕事でこのビルに入っているお店を確認しているだけです」

「まさか、オーナーが変わって立ち退きとか言うわけ⁉」

「い、いいえ、違います」

「勝手に売却とかで追い出そうってんならこっちも出るとこ出るわよ！」

「ち、違います、違いますから！」

初衣はぺこぺこと頭を下げ、ドアを閉めようとした。そのとき。

「初衣ちゃんじゃないか」

当の四〇四号室から暁也がひょこりと顔を出した。

「どうしたの。なんでここに」

「えっと、その……」

つけてきた、なんて言えない。

「た、たまたま！　たまたま新宿へ買い物にきたらこのへんで檜垣さんを見て……、なにをしているのかと思って」

苦しい。苦しすぎるいい訳だ。

「ふうん……たまたま、ねえ」

全く信じていない顔で暁也はにやにや笑った。

「せっかくだから部屋に来ない？　僕の仕事場を見せてあげるよ」

「え、い、いいんですか？」

「もちろん」

どうぞ、と暁也は大きくドアを開いた。


初衣が部屋にはいってみると六畳ほどの部屋の中に小さなテーブルとソファと椅子、本や小物の置いてある本棚、それくらいしかない殺風景な部屋だった。

窓にはブラインドが下りており、蛍光灯はついているがなんとなく薄暗い。

占いをする部屋だというので、星の模様とか神秘的なイラストとかが壁に描いてあるのかと思っていたが、殺風景な普通の事務所のようだった。

「ココで占いをするの？」

「そうだよ」

「お客様は何人くらい……」

「んー、一日二人か三人かな」

「ええっ⁉」

初衣は目をむいた。

「そ、そんなんで……」

「食べていけるかって？」

暁也はくすくす笑った。

「心配してくれるの、初衣ちゃん」

「そ、そうじゃありませんけど……さぼりすぎじゃないんですか？」

「僕の占いは高いんだ」

暁也は片目をつぶって笑った。

「それだけ当たるんだけど」

「……だって、こないだははったりだって言ってたじゃないですか」

初衣は暁也が会社で所長を手玉にとったことを思い出して言った。

「あの人の場合は占うまでもなかったからね」

暁也はテーブルの上にあったタロットカードをぱらぱらと開いた。

「占ってあげようか、初衣ちゃん」

裏返された五枚のカード。

「めくってみる？　君の未来」

先日、所長を占った時と同じ、あの不思議な声が暁也から発される。深く、力のある、魅力的な――。

「……」

初衣はカードを見、暁也を見た。暁也の口元には笑みが浮かんでいたが、目は笑ってはいなかった。

「やめておきます」

初衣は首を振った。

「私は臆病なんです。未来を決められてしまうのは怖い………」

「未来がわからない方が怖くないって？」

「未来《それ》を知らないから一歩踏み出せるんです」

暁也は置かれたカードを束に戻した。

「初衣ちゃんは勇気があるね……」

初衣は立ち上がった。ぺこりと頭をさげる。

「ごめんなさい、本当はつけてきました。あなたが本当に占い師なのか疑っていたから」

「いいんだ」

暁也は座ったまま初衣を見上げて微笑んだ。

「それって僕に興味を持ってくれたってことだろ?」

初衣は黙ってうなずいた。

「ホストじゃなくて安心した?」

「別にホストが悪いって言っていません……って、どうしてわかるの?」

「十人中九人は僕のことホストだって思うらしいからね」

暁也は肩をすくめて両手を開いた。

「残りの一人は?」

それに暁也はいかにも不満げに、悲しそうに呟く。

「ヒモ」

初衣は噴き出した。

「そんなに笑わなくても」

初衣はおなかを押さえ、ヒイヒイと喉の奥で呼吸をして笑いを収めた。

「檜垣さんを疑ったお詫《わ》びがしたいんですけど」

「じゃ今日の晩御飯をつきあってくれる?」

「はい」

コンコン、とノックの音がした。

「お客さんだ」

暁也は初衣に片目をつぶると、横を通ってドアを開ける。

「ようこそ」

入ってきたのは年配の男性だった。背後には黒いサングラスをかけた、体格のいい男性が従っている。

老人は、茶色のソフト帽に、上等そうな、品のあるコートを着ていた。

「……」

彼はチラリと初衣を見ると、すぐに顔を伏せた。

「早すぎましたかな」

「いえ、時間通りです。ちょっと押してしまって」

暁也が初衣を見る。初衣はうなずいた。

「では、失礼します、檜垣さん」

初衣は他人行儀な挨拶をすると、老人と入れ違いに部屋を出た。


中央線に乗って帰る途中、初衣は車内吊りのポスターに目をやっていた。

芸能界のスキャンダル、政治の問題、ファッションのこと、いろいろな広告――。

その中のひとつに目が留まった。

（え……？）

吊り広告は経済雑誌のものだ。そこに載っている、ある大企業のCEOの顔……。
(あ、あれ、まさかさっきの……)
ソフト帽をかぶっていて目元は暗かったけど、どこかで見たことがあると。
電気製品の製造では日本のトップクラスのあの企業の。
——僕の占いは高いんだ——
——僕はかなり腕のいい占い師で、上客も大勢ついています——
もしあの人物クラスが暁也の客なのだとしたら、それは確かにギャラが高いだろう。
暁也のカードが日本の経済のどこかに関わっている……?
初衣はブルッと身震いした。
やはりタロットカードを引かなくてよかった。
(不思議な人……)
初衣はドアに寄りかかり、ぼんやりと車窓の景色を眺めた。

翌日。
所用から会社に戻ると暁也が所長と話していた。二人が向かい合っているテーブルにタロットカードが置いてあったから、なにか占っていたのかもしれない。

（所長ってば……すっかり公私混同だよ）

ため息をつく初衣に暁也が顔をあげて笑いかける。

「おはよう、初衣ちゃん」

初衣は時計を見た。二時をすぎている。

「おはようございます……とっくにお昼過ぎてますけど」

「さっき起きたんだよ」

「いいですね、自由で」

「穂高くん、穂高くん」

所長が手を耳のところで振る。

初衣が机を回って所長のそばに行くと、テーブルの上のタロットを見せられた。

「ほらこれ見て。旅立ちの絵だって」

所長が指さしているのは男が船にのっている絵だ。

「剣の六の小アルカナのカードだよ、新しい出会いとかきっかけの意味があるんだって」

それにしてはなんだか船に乗っている男の背中が寂しそうに見える。

窺うように暁也の顔を見ると曖昧な笑みを向けられた。きっと解釈しだいでいろんな意味になるのだろう。

「穂高くんも占ってもらうといいのに」

「私はけっこうです。忙しいので」

初衣はくるりと背をむけて自分のデスクに座った。

「あ、そうだ、穂高くん。今日、水谷くんが行くことになっていたイザワレジデンスの件、水谷くんの戻りが間に合わなさそうだから、代わりにいってくれるかな」

「イザワレジデンスですか？」

「水谷くんの机の上に資料出しておいた」

言われて初衣は同僚のデスクに回った。机の上のクリアファイルを取り上げ中を確認する。自然と眉根が寄ってしまった。

次の仕事はちょっと難ありの物件だった。個人で契約している１ＬＤＫなのだが、どうも複数の人間で事務所のような使い方をしているらしい、という報告があったのだ。男性社員の水谷が、今日それを確認に行くはずだった。

「悪いんだけど、頼むよ。水谷くん、秋山さまのところで引っかかっていてさ」

所長が拝む真似をする。

「なにかお困りの物件でも？」

暁也が割ってはいった。所長が「それがねえ」と言いかけるのを、初衣が「個人情報ですから」と止めた。

暁也はしいて聞くほどの興味もなかったらしく、すぐに話を変えた。

「初衣ちゃん、今日、晩ご飯いっしょに食べられるかな?」

初衣はクリアファイルをバッグにつっこむと、そっけなく答えた。

「検討しておきます」

初衣の返事に暁也は所長と顔を見合わせる。所長は苦笑して肩をすくめた。

暁也の指がテーブルの上でくるりと動き、カードを集める。指先がぱらぱらとそれらをもてあそんだ。

さすがに冷たい態度だったかな、と初衣は早口でつけたした。

「仕事が終わったらメールしますから」

暁也がなにか言う前に、初衣は事務所のドアを開けた。


駐車場に止めてある社用車に乗ったとき、暁也が走ってきた。

「初衣ちゃん!」

「ど、どうしたの?」

暁也が珍しく真剣な顔をしている。

「一緒に行く」

「え?」

するりと暁也が助手席に乗り込む。初衣は驚いてその肩をつかんだ。

「あの、仕事なんですけど」

「邪魔はしないよ」

「困ります」

不意に目の前にカードが一枚つきつけられた。

ハートに剣が三本刺さっている絵札。

初衣は思わず身を引く。

「いやなカードだ、心配なんだ」

「なに言ってるんですか。遊びじゃないんですから、降りてください！」

「じゃあ車の中にいる。中までついていかない、それならいいだろ」

暁也は笑っていない。

大きな瞳が下からじっと初衣を見上げ、一歩も引かない意志を見せていた。

これ以上もめると水谷が約束していた時間に間に合わなくなるかもしれない。初衣は仕方なく暁也から手を離し、運転席に回った。

「ほんとに降りてついてきたりしないでくださいよ」

「約束する」

初衣は車を出した。暁也は初衣の横顔を見ながら、「イザワレジデンスってどんな物件なんだい」と聞いてきた。

「六階建てのマンションです。一フロア八室」

「環境は？」

「駅から十八分。バス停からも離れているからちょっと不便ですね。周りに商業施設が作られるはずだったんだけど、開発が遅れているんです。でも隣が公園だから〝明るく閑静な環境〟っていうのが売りになってます」

「個人情報にさわらない程度に問題を教えてもらえない？」

初衣は暁也を見た。

「そんなにこれから行くところが気になるんですか？」

暁也は手の中のカードを見つめた。

「初衣ちゃんに関係ありそうだからね」

「私はここの直接の担当じゃないから詳しくないんですけど」

初衣はカードの絵から視線をそらした。生々しくハート——心臓に突き刺さる剣。

「イザワレジデンスは結構年数のたった住居用のマンションなんです。事務所として使うことは認められていません。でも、そこの四〇六号室に不特定多数の人間が出入りしているって、同じフロアの人から……」

「クレームがあったのか」

ストレートな物言いに初衣は顔をしかめた。

「問い合わせがあっただけですけど。ビジネスマンには見えないような男女が昼夜問わず出入りしているようだって」

「昼夜問わず？」

「ちょっと妙ですよね？　ふつうの事務所なら昼間だけなのに」

暁也はそっと唇を撫《な》でた。

「宗教関係かな……？」

「宗教団体を差別視はしないけど、だったらちゃんと事務所運営ができる物件を借りてほしいし」

暁也は心臓の絵のカードを他のカードに混ぜてシャッフルしている。

「檜垣さんの、あの……新宿の事務所。あそこは長いんですか？」

「うん？　いや、借りてからまだ三年くらいだな」

「その前は？」

「銀座でやってた」

「銀座？　すごい！」

初衣は目を丸くした。それに暁也は軽く笑って、

「事務所はもってなかったんだ。クラブに雇ってもらっていた」

「クラブ？」

暁也は片目をつむった。

「そもそも僕はバーでバーテンダーをやってたんだ。で、余興でマジックを披露していた。マジックの一環で占いをはじめたらそれが面白くてね。本格的に勉強した」

「……」

「海外にも行ったよ、アメリカやフランス、イタリア………」

暁也の視線が窓の外、遠い空を見つめる。

「それで日本に戻ってバーの隅で占いをやってたんだ。そのうちよく当たるって評判になってあちこちのクラブに呼ばれるようになって……エライ人たちとはそうやって知り合ったんだ」

暁也の手の中でカードが生き物のように動いている。

「三年前に新宿に事務所をもってからは、顧客を制限して密度の濃い占いをするようになったんだ」

「密度が濃いって？」

「予約を受けてからその人のことについて勉強したり調査したりする。どんな環境にいるのか、どう育ってきたか、どんな性格なのか。今、世の中とどう関わり、どう生きているのか。彼らは簡単な気休めの言葉がほしい訳じゃないからね」

初衣は先日見た大企業のＣＥＯの顔を思い出した。日本の経済を担っている老人……。

「そういうのって……占いなんですか？」

「占いだよ」

暁也は自信たっぷりに答える。

「最後にはカードが答える。そのカードから言葉を選ぶための下準備なんだ。人によってほしいものが魚なのか車なのか、その人の環境にあわせて選ばないとね」

「だとしたら」

初衣は皮肉っぽいまなざしで暁也を見た。

「私に対してのその占いはなんなんです？　下準備なんかなかったじゃないですか」

「これは――」

暁也は困った顔をした。

「確かにこれは直感的なものなんだけど……でも時にはすべての情報を押し退けるひらめきもあるんだよ」

「はったりだの調査だのひらめきだの、言うことがコロコロ変わるんですね」

「そういうの全部ひっくるめて占いなんだけど、……初衣ちゃんに関しては直感に従った方がいいような気がするんだ」

暁也の笑顔に初衣は苦笑するしかなかった。

イザワレジデンスは公園の隣にひとつだけぽつんと建っていた。白く浮き出て見えるようだ。

道路に車を停めて見上げたが、四階の問題の部屋はカーテンが閉められている。

このマンションはオートロックではない。管理人も常駐していない。建てられてすでに二十年以上たっている賃貸用のマンションだ。

環境的な面でも築年数からいってもあまり人気のある物件ではない。

エレベーターで四階まであがり、廊下を進んで四〇六号室の前まできて、初衣は顔をしかめた。

部屋の前にラーメンのどんぶりが置かれている。しかも五つ。

少なくとも今この1LDKに五人いるというわけだ。契約者は一人暮らしなのに。

初衣は玄関についている呼び鈴を押した。部屋の中でチャイムが鳴っているのがかすかに聞こえる。

やがて内側でガチャガチャと音がして、ドアが勢いよく開かれた。

「おお、遅かったやんけ。はよ、はいり」

出てきたのは四十代くらいの坊主頭の男性だった。その言葉と強面《こわもて》の顔に、初衣は思わず一歩引いた。

「お、遅くなってすみません……」

「ほれ、はよはいり。今日はなんやカタギの客も来る言うし」

「あ、あの」

腕を捕まれ強引に玄関に連れこまれる。

「あ、あの、四〇六号室の橋本さまですか？」

「ハシモト？　ああ、中におるで。ちゃっちゃと終わらせや」

引っ張られるままリビングに足を踏み入れた初衣は、その場で目をむいて立ちすくんだ。

リビングには巨大なダブルベッドが据えられ、その周りに三本のスタジオライト、空いている場所ではビデオカメラを持った男が別な男と話をしていた。

ベッドの上にはグロテスクな男根を模した玩具といくつかのローション、革の拘束具、そのほか用途のわからない医療用のような金属器具が投げ出してあった。

「な……なにこれ」

「ほな、用意して」

ぐいっと背後から肩をつかまれる。

「え、ちょ……っ」

ビデオカメラをいじっていた男が顔を上げた。

「あれ、ＪＫがくるんじゃねーの？」

もう一人がベッドの上にあった紙をつまむ。

「ＯＬものは明日だよな、荻窪《おぎくぼ》のやつ、手配まちがったんか？」

「あ、あのっ、ちょ、ちょっと待って下さい！　なに、なにして……っ」

うろたえている間に肩からバッグを奪われた。ジャケットに手をかけられたとき、初衣は自分の体を抱くようにして部屋のすみにとびのいた。

「待ってください、間違いです！　わ、わたしは……」

「間違いったってこっちも困る。時間がねーんだからよ。この際ＯＬもんを先にするから」

「そ、そういう間違いじゃなくて、私は違います、っていうか、この部屋違うでしょー！　こんなふうに使うってありえないっ！　契約違反じゃないですか！」

「なに言ってんだ、この姉ちゃん」

男たちは顔を見合わせた。

「いるんだよなー、こういうの。土壇場《どたんば》になって結局やだって言い出す根性のないのが」

カメラを持っている男がため息をつく。

「前金がっぽりふんだくっておいて逃げるやつとかさ、まあそういうのは二度と表を歩けなくなるような顔になってもらうが」

「あんただってそのきれいな顔、切り刻まれたくないだろう？　覚悟決めて脱げよ」

「だ、だから！　わたし違うんです！　私は不動産会社のものです！」

　初衣は必死に言いつのった。ここまでくれば初衣にも彼らがなにをしているのかわかる。この人相の悪い男たちは、ここでよからぬビデオ撮影をしているのだ。

「不動産会社ぁ？」

　男たちは顔を見合わせた。

「そういや、カタギの客がくるって」

「だけど男がくるって言ってたぜ」

「だ、男性社員がこられなくなったのでわたしが来たんです！」

　初衣はじりじりと壁にそって玄関の方へ移動した。

「こ、これはあきらかな契約違反です！　こんな不当な真似は許せませんっ、け、警察に届けますからね！」

　そう言って逃げようとした初衣を男の一人がはがいじめにした。

「ふざけんな！　ここまで知られて帰すわけにいくか！」

「きゃあっ！」

　初衣の体は巨大なベッドに放り投げられた。ベッドの上にあった灰皿がひっくり返り、胸が悪くなるようなヤニのにおいが飛び散る。

「予定変更だ。不動産会社のＯＬの凌辱《りょうじょく》実録ものでいこう」

　男たちが下品な笑みを浮かべて近寄ってくる。一人の男がカメラを向けた。

「……！」

初衣は上半身を起こし、部屋の中を見回した。逃げられる場所はない。だけど。

初衣はひっくり返った灰皿をつかんだ。分厚いガラス製でかなり重量がある。

「ええなあ、そのくらい抵抗してもらわんと実録もんの迫力がねえ」

「あいにく映画の主役になる気はないし！」

初衣は一度大きく息を吸うと、身をひねりざま、その灰皿を力一杯投げた。

男へではなく、閉められたカーテン――窓に向かって。

「あっ！」

男が叫ぶ。バスケで鍛えた上腕は、見事にその役目を果たし、灰皿を外へと飛ばした。

ガッシャンッ――！

「てめっ！　なにしやがる！」

下には暁也がいるはずだ。異変に気づいてくれるかもしれない。今はそれが唯一の。

「きゃあっ！」

男が初衣の体にのしかかった。スカートがまくれあがり、太股がライトに照らされる。

「離して！　やめて！」

「灰皿代と窓ガラス代、弁償してもらうぞ！」

「セコイこと言ってんじゃないわよ！」

男の手がきっちり止めたブラウスのボタンをひきちぎり、初衣の胸の膨らみを摑《つか》んだ。

初衣は両手で男の顔を下から押さえ、臭い息を吐く口が近づくのを拒んだ。

「気の強い姉ちゃんだ。男にもてねえぞ」

「余計なお世話よ！」

大きく開かれた足の間に男の体がおしつけられる。そのおぞましさに思わず手から力が抜けた。

「いやあ！」

男の顔が初衣の首筋に埋まる。全身に鳥肌が立った。

（いやっ！　だ、だれか、だれか、助けて――タスケテッ、あ、あき…や……！）

心の中で叫んだ時――。

ガシャーン‼

今度は窓ガラスが外から破られた。カーテンが風を巻いて翻《ひるがえ》り、まぶしい光が部屋を満たした。

「な、なんだっ！」

叫んだ男たちに向かって煙を吹き出すものが投げつけられた。事故の時に使う発煙筒だ！

「初衣！」

白い煙の向こうから暁也の声がする。

「逃げろ！」

初衣は上にいた男を思いきり突き飛ばすと、その反動でベッドから転がり落ちた。そのまま四つん這《ば》いで玄関に向かう。背後から男の怒鳴り声が聞こえてきた。

「てめえ！　このヤロウッ！」

肉を打つ音にはっと振り返る。煙の中から暁也が転がり出てきた。

「暁也ッ！」

暁也は初衣を認め、「逃げろっ」と叫びながら駆け寄って来た。

「逃がすか！」

追いかけてくる男の鼻先を、暁也が手にしたカードで鋭く払う。

「ご用心。紙のカードでも皮膚の一枚、目の一つくらいは裂けるよ」

「な……っ、この！」

男が肩を怒らせる。

「紙が怖くて鼻がかめるかっ！」

「そりゃそうだ」

暁也はにっと笑った。

「だけど、ここは通さない。彼女には指一本触れさせない！」

「ヒーロー気取りか、ええ？」

「初衣」

　暁也は振り向かずに背中で言った。

「なにしてる、さっさと逃げろ」

「あ、暁也……」

「僕の命がけのレスキューを無駄にする気か！」

「……っ」

　初衣はふるえる体をひきずって玄関までたどり着いた。ドアに手を触れた時、そのドアが外側から激しい勢いで叩かれた。

「！」

　初衣はドアノブにすがりつき、それを回した。バンッと強くドアが開けられ、紺色の集団が部屋の中に流れ込んでくる。

「警察だ！」

　その瞬間、部屋の中は怒号《どごう》にあふれた。

　呆然《ぼうぜん》としている初衣に誰かが毛布をかけてくれる。見上げると警官だった。

「大丈夫ですか」

「……」

初衣はガクガクと首を縦に振った。視線が下に向いたとき、ブラウスのボタンがすべてなくなり、下着が丸見えになっていることに気づいた。

初衣はあわてて毛布の前をかきあわせた。

「通報があったので駆けつけたんですよ」

通報？

それはおそらく暁也が。

初衣は部屋の中を見た。男たちはすでに警察に取り押さえられていた。その中には暁也もいる。

「ア、暁也⁉」

「あ、初衣ちゃーん」

暁也は情けない顔で叫んだ。

「頼むよ、この人たちに言ってよ。僕は仲間じゃないって」

両手をあげると手錠がかけられている。初衣は仰天した。

「あ、あの、あの人は違います！　私を助けにきてくれたんです！」

「そうなんですか？」

暁也を押さえている警察官が疑わし気な顔をした。

「ほ、本当です、その人は私の――」

「恋人だよね？」

暁也がニンマリする。初衣はかあっと頬に血をのぼらせた。

「し、知り合いです！」

「え？　ちょっと、そこで知り合いとか言うわけ？　きみの絶体絶命のピンチ、きみの純潔、きみのバージンを救いに来た僕を？」

「バッ……！」

初衣は毛布を握りしめた。

「いや、ギリギリ間に合ってよかった。こんなケダモノに僕より先にきみのバージン奪われたなんてことになったら、もう悔やんでも悔やみきれな――ぶべっ！」

初衣の右腕は今度も持ち主の危機を救うべく働いた。投げつけられたパンプスが暁也の口をきちんとふさいでくれたのだ。

初衣は警察の殺風景な廊下の長いすに腰掛けていた。

呼び出された所長が初衣を気遣い、車で送って行こうと言ってくれたが、「大丈夫ですから」と断った。

初衣は暁也を待っていた。暁也は事情聴取されているのだ。

ブラウスは所長が新しいものを買ってきてくれた。少しサイズが小さく胸がきつい。触れると男に摑まれた感触がよみがえり、ぞっとする。

初衣は自分の手を見つめた。灰皿を摑んで窓に投げることはできた。でもそれだけだ。男に押さえつけられたら身動きひとつできなかった。

なんて非力なんだろう！

あのとき暁也が助けにきてくれなかったら……！

ガタガタとまた体が震えた。思い出すたびこんなふうに抑えようもなく体が震える。

初衣は自分の体をぎゅっと抱きしめ縮こまった。

「初衣ちゃん」

声に顔を上げると暁也が心配そうな顔で立っていた。

「大丈夫？　待ってなくてよかったのに」

「……」

暁也のきれいな顔に酷《ひど》い痣がある。きっとあの男たちに殴られたのだ、と初衣は顔をしかめた。

（発煙筒を持って飛び込んできてくれたのはいいけれど、そのあとは殴られっぱなしだった。紙のカードだけを武器に、でもわたしを守るために一歩も動かなかった。助けてくれてとても感謝しているのに……）

「――なんであんなこと、言うんですか」

初衣は押し殺した声を出した。

「え？」

「警察の人の前でなに余計なこと言ってんです」

「あ、あれ？　まだ怒ってるの？」

「当たり前じゃない！　あんな余計なこと言って私を怒らせて、だから私、お礼も言えず……っ」

ガタンッと音をたてて椅子から立ち上がり、初衣は暁也の胸に身体をぶつけた。

「初衣ちゃ……」

「こわ…かった……、怖かったの」

「――」

「すごく、いやだったのに……なにも、なにもできなくて……」

「初衣ちゃん、」

「私、動けなくて……！」

体が温かなもので包まれた。暁也の腕だ。ぎゅっと抱きしめられる。

「…………」

いつも饒舌《じょうぜつ》な暁也が黙って抱きしめてくれる。その力強さ、温かさ。

怖くなかった。いやじゃなかった。

自分を襲おうとしたのと同じ「男」なのに。

怖くない。ただ……優しい。

どのくらいたったかわからない。初衣はようやく身じろぎし、気づいた暁也が腕の力を緩めた。

初衣は暁也の顔を見上げた。じっと見つめてくる瞳は気持ちを穏やかにしてくれる。

「ひどい顔……」

「あー、冷やしてもくれないんだよ。警察は」

「……パンプス投げちゃってごめんなさい」

痣のどれかはそのときのものかもしれない。

「いや、あれで初衣ちゃんが元気だってわかったし」

初衣はおずおずと暁也から離れた。

「今までなにを聞かれたんですか？」

「ああ。どうやってベランダにはいったかって」

初衣は目をパチクリとさせた。

「そ、そうよ、いったいどうやって四階の外から入ったの!?」

「簡単だよ、隣のベランダから」

「隣？」

暁也はうなずいた。

「隣の部屋に入れてもらって……まあ、多少強引だったけど、そのままベランダを乗り越えたのさ。あ、車の発煙筒勝手に使ってごめん」

初衣は首を振った。そんなことのためなら発煙筒なんて十個でも百個でもかまわない。

「やっぱり灰皿が窓を割ったのを見たんですか？」

「うん、あれですぐに初衣ちゃんがピンチだってわかったよ。四階まで行ったけど、素直に部屋にいれてくれるわけないと思ったから、隣の部屋を開けてもらって。いや、ほんと、隣の人がいてよかった」

「あとでお礼にいかなきゃ」

「そうだね。土足で上がり込んだし、ぐだぐだ言うから殴ってしまったし」

「……行かない方がいいかもしれません」

暁也が笑う。初衣もぎこちなく笑みを返した。表情はこわばっていたがまだ笑える。大丈夫だ。

初衣は暁也の手をとった。

「ありがとう……暁也……」

「それ」

「え？」

「名前で呼んでくれるの」

そういえばそうだ。今までは檜垣さん、としか呼ばなかった。でもあの時、助けを呼んだ時、暁也、と祈るように名前を呼んでいた。

「名前で呼び合うとね、気持ちが近づくんだよ」

暁也が肩を寄せてきた。初衣は拒まなかった。

「あなたにもお礼しないと…」

「だったら頼みがある」

暁也や真面目な顔をした。

「その営業用の言葉づかい、やめてくれ」

初衣は目を瞬《まばた》かせた。

「そんなのでいいんですか…いいの？」

「うん」

暁也がうれしそうに笑う。

この笑顔があれば身体は震えない。

指先を軽く絡めたまま、初衣は暁也と歩きだした。

「穂高くん、今回のことはほんとに僕のミスだ。契約者の確認を怠ったり、問題のある部屋に一人で行かせたり。ほんとに申し訳ない！」

翌日出社すると所長が頭を下げてきた。

「いいんですよ。結果的にはなにもなかったんですし」

初衣がそう答えても所長はぶんぶんと首を振った。

「でも君に怖い思いさせたし、傷つけたよね。お詫びといってはなんだけど、特別休暇をあげる、もちろん有給で！」

「そ、それはありがとうございます……」

「ゆっくり心の傷を癒しておいで！　ほら、温泉リゾートの宿泊券！」

「は、はあ……」

差し出されたホテルの宿泊券を受け取る。二枚ある。

「あ、あのこれって……」

と、背後からのびた指が宿泊券の一枚を抜いた。

「やっぱりさー、女性が一人で旅行って危険だよねー」

いつの間にきたのか暁也が後ろに立っていた。

「あんなことがあって初衣ちゃんも心細いだろ？　やっぱりボディガードがついてないと」

「暁也……」

「そ、そうだよねー。うん、エスコートする男性がいないとね」

所長が揉《も》み手で追従する。初衣は暁也を振り向いた。

「所長を買収したわね？」

「せっかくのご好意だ。快く受け取ろうよ、初衣ちゃん。温泉はいいよぉ〜。身も心も裸になって、すべてが開放されて、そうさ二人はひとつになるんだ！　そうして迎える初めての夜！　君は僕にすべてをゆだねて初めての快感にかすかに震えながらパラダイスに……げふっ！」

高校の部活ではメンバーの中で初衣一人だけがバスケットボールを片手でつかむことができた。その鉄の右手が今暁也の腹にめりこんでいる。

「う……初衣……ちゃあぁぁあ……ん」

暁也は床に崩れ落ちた。

初衣は宿泊券を所長の顔に叩きつけると、「お二人でどうぞ！」と言い残し、事務所をあとにした。

ACT3　思い出の物件

「陰謀だ。職権濫用。パワハラだよ」

「まだブツブツ言ってる」

呆れたような檜垣暁也の呟きに穂高初衣は顔を上げてキッと睨んだ。

「だって、どうして私があなたと旅行なんかしなきゃいけないの⁉」

「そんなこと言ったってもうバカンスは始まっているし、目的地にも着いたし」

暁也は両手を広げて目の前の風景を指し示した。

すっかり葉を落とした灰色の山々がくっきりと青空の中にそびえたっている。高い部分はもう白く雪に覆われていた。鼻から息を吸い込めば、透き通った冬の空気が痛いほどだ。

N県U市の簡素な駅舎の前で、暁也は視界を遮るものもなくすっきりと見える山並みに優しげな視線を向けた。

「懐かしいなあ、ちっとも変わってない、このへんの風景」

「……来たことがあるの？」

「子供の頃一度ね。忘れられない思い出をもらった場所なんだ」

先日、初衣は仕事で出かけた先で、あやうく暴行されるところだった。そんな場所に彼女を一人で行かせたというお詫びに、事務所の所長がくれた休暇と温泉一泊旅行。ただし暁也付き……。

初衣は当然拒んだが、所長と暁也の二人がかりで言いくるめられて一緒に温泉旅行に出かけることになってしまった。

初衣だって温泉でゆっくり、というご褒美は嬉しいのだが、連れが暁也ではのんびり楽しめるかどうか。自分のために戦って怪我をした暁也にはすまない気持ちもあるし、以前より心は近づいていると思うが。

ただどうしても一点だけ。なぜ彼が自分を好きなのか、そこがわからないからなんとなく心を許せないのだ。

「あ、初衣ちゃん、あれ、ホテルの車みたいだよ」

暁也が指さす方を見てみると、ホテルの名前が書かれたバンが駅前のロータリーに入ってきた。美山ホテルと書かれている。

「さ、行こう」

ぐいっと手を引かれる。いつの間にか、この強引さも許せるようになった。

「……わかったから、そんなにひっぱらないで」

「わしらのとこの温泉はこの地方でも秘境と言われてましてな、それほどお客さんも多くないんですわ。なンで、静かにのんびりしたい、いう方にはおすすめずら」

車を運転してくれる迎えの男は、バックミラーでちらちらと初衣たちを見て言った。

「確か、何年か前、ダムができるという話がありましたよね」

暁也が愛想よく答える。初衣は冬枯れの山の景色に目をやっていた。

「よくご存知ですなァ。だども、そん話は村のもんの反対もあったし、第一、ダムができても電力的に大した価値がないことがわかって中止になったんずら」

「もしダムができていたら温泉は水の底ですか」

「そういうこっちゃ。生まれ故郷が沈んでしまったらご先祖様にも申し訳がたたねえ」

運転手はぶるぶると首を振った。

「最近もダムを造る造らないってもめているところがありますよねえ」

「ほうだなあ。まったく政府のお偉いさんたちの考えることはよくわからねえずらなあ」

暁也と男性がたわいない世間話をしている間に、やがて山は深くなり、木々の切れ目に見えるふもとの景色がどんどん遠くなっていった。途中で一台の車ともすれ違わない。この先に人が本当に住んでいるのか不思議に思う。

「まだこちらには雪は降ってないんですね」

晩也が外を見て言った。

「ああ、今年は暖冬らしくてな、雪が遅いずら。まあそれでも正月には村は埋まってしまうがな」

「村に入るにはこの道しかないんですか」

「ほだ。おらほの温泉はどんづまりだでな。雪がはあ、ひどくなればこの道も通行止めだで、温泉客もこられんようになるずらなあ」

「厳しい環境ですね」

「まあ俺らは慣れっこだどもな。――ああ、そろそろ見えてきたずらよ」

さらに遠くの方に白い岩山が見える。その下には急流が流れ、河原のあちこちから湯煙が上がっていた。

「奥美沢《おくみさわ》温泉へようこそ、お二人さん」

チリッと初衣のこめかみが痛んだ。

（奥美沢温泉？　どこかで聞いたことがあるような……いえ、そうじゃないわ）

初衣は白い湯煙を上げる河原を見つめた。

（今の言い方――あんなふうに言われたことがあるような――）

「初衣ちゃん、どうしたの？　気分悪いの？」

晩也が心配そうに覗き込んできた。初衣はまったく無意識に自分が額を押さえていることとに気づいた。あわてて顔を上げる。

「車に酔ったのかな?」

「う、ううん——ええ、そう…そうかも……」

なぜかひどく心細く不安な気持ちになってくる。暁也はすぐそばにいるのに、ひとりぼっちで見知らぬ土地に放り出されたような不安感。

(なんだろう……)

雪が降れば閉ざされる村だと聞いたせいか。でも今は、車は快適に走っている。それでも初衣はもうむしょうに帰りたくなっていた——。


「はあ、よくいらっしゃいました」

車がホテルに着くと、女将らしき年配の女性が満面の笑みで出迎えてくれた。

「ねえ」

「ん?」

初衣は古色蒼然《こしょくそうぜん》とした純和風な建物を見上げて言った。

「所長、リゾートホテルって言ってなかった?」

「え?　ホテルだよ、ほら」

暁也がホテルの看板を指さす。

和風旅館美山ホテル——。

「……詐欺だ」

「十室以上の部屋があって、洋室があればホテルってつけていいんだよ、初衣ちゃん不動産屋さんのくせに知らないの？」

「不動産事業と旅館事業は違います」

旅館は三階建てで大きくはないが、風情のある古い造りで大きな松の木が玄関の前に立っていた。

（あれ……）

初衣は松の木を見上げた。なんだかこの木と玄関の構図は見たことがある気がする。

旅館によくある配置のせいかな。

「お疲れでしょう、すぐにお風呂に入られますか」

「そうですね、彼女と相談します」

暁也はどこまでも愛想がいい。初衣は暁也に囁いた。

「部屋は一緒なの？」

「当たり前じゃない」

「——冗談じゃない！」

「布団は離してもらうし、絶対手は出しません。誓います」

晩也はおどけた顔で両手をあげた。

「そんなの――」

「宿帳をお願いできますか」

女将が筆ペンと分厚い帳面を差し出す。晩也はそれを受け取ると、住所と名前を書いた。

「君は名前だけでいいよ。どうせ住所は一緒だし」

「私は三一二号室であなたは三一四号室です」

「わざわざ別々の住所書いて宿の人に詮索のネタを提供しなくてもいいだろ」

初衣はむっと唇を尖《とが》らせたが、晩也の言うことも一理あるので、自分の名前を書くだけにとどめておいた。

「……ほだか……うい、様？」

女将が名を呼んだ。

さすがに旅館で多くの接客をしている人は違うな、と初衣は感心した。自分の名前を一度で読める人なんて――いや、晩也もそうだったけど――滅多にいない。

初衣は女将に笑顔を向けようとして、そのまま固まった。女将が恐ろしいものを見るような顔で初衣を見ていたからだ。

「あの、なにか……？」

美

初衣が声をかけると我に返ったような顔になり、それからぎこちない笑みを浮かべた。

「あ、い、いえ、珍しいお名前なので」

「は、はあ……」

ガシャン、と甲高い金属的な音がした。びくっとして振り向くと、銀色のステンレスの灰皿がくるくると回って初衣の足下まで転がってきた。

初衣が拾い上げると、目の前にそれを落としたらしい老人が立っていた。旅館の名前の入った半纏《はんてん》を着ている。従業員だろうか。

「あ、ああ、ああ」

老人はよろよろと初衣に近寄ってきた。

「あ、あのこれ」

初衣は灰皿を差し出したが老人はそれには目もくれずひたすら初衣を見つめている。

「あああ、あんた、あんたは――」

「え？　あ、あの？」

「あんた、お嬢ちゃん、あんたは――」

「友吉《ともきち》さん！」

女将が初衣と老人の間に割って入った。

「友吉さん、松の木の雪吊りをお願いしますよ！　お、お客さん、お風呂は一階ですから」

そう言って友吉と呼んだ老人を玄関から外に追い出してしまった。

「なに……？」

ぼんやりしていた初衣はぽんと肩を叩かれてすくみあがった。

「きゃっ！」

「部屋に行こう、初衣ちゃん」

暁也は初衣の荷物を持つとすたすたと廊下の奥へ進んでいった。

「ちょ、ちょっと待って」

初衣は暁也を追いかけようとして、それでも一度振り向いた。

「……！」

視線があった。初衣たちを送ってきてくれた旅館の男がじっと見つめていたのだ。しかし、男はあわてて目をそらし、帳場の方に姿を消した。

（なんなの――）

つかみ所のない不安感を味わいながら、初衣は暁也の後を追った。


与えられた部屋は入口こそドアだったが、スリッパ脱ぎ場の向こうの襖を開けると、純然たる和風の造りだった。広い畳敷きに床の間、小さな冷蔵庫、テレビ、トイレと内風呂も付いている。先に入った暁也が窓を開けて外の景色を見ていた。

「ねえ……」

「ん?」

「──帰りたい」

「ええ?」

暁也が笑って振り向く。

「着いたばかりじゃない」

「だってなにか──」

気持ち悪い、と口に出すのはさすがに暁也に悪い気がして、初衣は黙り込んだ。

「初衣ちゃん、来てみなよ。河原がすぐそばだよ」

暁也に言われて初衣は窓のそばへ寄った。

なるほど目の前が河原になり、蒼い水が滔々《とうとう》と流れている。その先は灰色の山々。水墨画の景色のようだ。部屋は二階だったが河原までは六階分くらいの高さがあった。

「散歩とか行く?」

「そうだね……」

「それとも先にお風呂に入る? 温まった方がいいかな」

「──うん。先にお風呂に行ってくる」

「ちょうど今、大浴場は女性用の時間みたいだよ」

暁也がテーブルの上の風呂の時間割の紙を見ながら言う。きっとお風呂でさっぱりすれば、今気になっていることも洗い流せるだろう。

初衣は着替えの浴衣と洗面道具を持って風呂場へ向かった。


脱衣所に行くと竹の籠が三つ、使用中だった。ひなびた温泉地だと思ったが案外客はいるのか、それとも地元の人が入りにきているのか。

すりガラスの引き戸を開けると白い湯気が塊になってあふれてきた。

窓から明るい日差しが入り、湯殿にはもうもうとした湯気がたちこめている。広い浴槽には人はいるようだが声が聞こえるだけで姿は見えなかった。

入り口にあった木の桶《おけ》をとると、蛇口の側において腰を下ろした。背後の湯気の中から は年配の女性たちの声が聞こえてきた。

やはり地元の人だろうか、訛《なま》りが強くなにを言っているのか聞き取れない。

「アノコ」だの「オッカネエ」だの「ナンマイダブ」だの断片的な会話だけが耳に入った。

ざっと身体を洗ったあと、ゴムで髪をくくって湯船へ向かった。湯船の縁はつるつるとした木で、中は白く濁ったお湯が張ってある。

初衣は先客の女性たちの邪魔をしないように端の方に身体を沈めた。

ぴたりと女性たちのおしゃべりが止んだ。

湯気の向こうに三つの顔が見える。しわを刻んだ老人の顔だ。やはり地元の人のようだ。

目を丸くしている老女たちに、初衣は軽く会釈をした。

「あ、あんたさん……」

老女の一人が初衣の方に手を差し出した。

「え？」

「ああ、あんたはあの、」

言いかけた老女を他の二人が押しとどめる。

「しいっ、ハッタさん」

「だども」

「だめだめ」

老女たちはばしゃばしゃと湯を跳ね上げながら隅の方に集まり肩を寄せた。そして初衣に向かって手を合わせる。

「かんにんねえ」

「ごめんねえ」

「許しておくれねえ」

うっすらと涙さえためながら老女たちは訴えた。

「ナンマイダブナンマイダブナンマイダブ」

初衣はぽかんと三人の老女を見つめた。老女たちは何度も頭をさげながらバタバタと湯殿を出て行く。

「なん、なの……」

わけがわからない。おかしいのは旅館の人だけではないのか。

初衣は濁った白いお湯を見た。湯の中に入っていれば自分の腕さえ見えない。この湯のように、この旅館にはどこか得体のしれないところがある。

「……」

熱い湯に入っているというのに、なぜか身体の芯がぞくりとした。


「あれ、早かったね」

「……うん」

それからゆっくり湯につかる気にもなれず、早々にあがってきてしまった。初衣は髪を縛っていたゴムをとった。

「ねえ」

「ん？」

「この宿……替えるわけにはいかないよね」

初衣は浴衣の上に羽織った丹前の紐《ひも》を弄《いじ》りながら言った。

「どうしたの？」

「なにか、変なの……」

「変って？」

初衣はさっき風呂の中であった話をした。

「人に拝まれたのなんて、初めて」

「ふうん……誰かと勘違いしたんじゃないの」

「そういう感じじゃなかったけど」

「気にしない方がいいよ、田舎のお年寄りは独自のルールで生きているんだし」

暁也がなんとなく冷たい口調で言いきる。

「それよりさ、ちょっと外に出ない？　秘境の温泉地ってのを歩いてみたいな」

「え、うん……そうだね」

来てしまったのだから楽しまなければ損かもしれない。なにより暁也が気を遣ってくれているのがわかる。

「寒いからこれ使って」

暁也に言われて初衣は浴衣、丹前の上から彼の大きなストールを羽織った。上質なカシミアの温かさが身体を包む。

「ありがとう、じゃあ行こうか」

初衣が部屋のドアを開けて外に出ると、廊下の先にさっと隠れる人の姿があった。

（誰かが見てた？）

先程の半纏を着た老人かとも思ったが、眼の端に捕らえた色は鮮やかな赤い色だった。

（別の人……）

「初衣ちゃん、どうした？」

暁也がぽんと肩を叩く。

「な、なんでもない。それより、背中にはりつくのやめて」

「お風呂上がりの初衣ちゃん、いい匂い……」

初衣は髪の先で暁也の頬をはたくと廊下を進んだ。帳場までくると、「お出かけですか？」と中年の女性従業員が笑いかける。彼女は赤いダウンベストを着ていた。

（この人がさっき覗いてた？）

「近くをぶらぶらして河原の方まで行ってみます」

暁也がそう言うと赤いダウンの女は眉をひそめた。

「河原ですけ？　今は寒いですよ」

「そうですか」

「なにもないですし、面白くありませんよ。河原なんか、行かねえ方がいいですよ」

妙な言い方をする。普通観光地なら自分の土地を自慢するはずだ。こんなふうにけなすなんて、河原には行かせたくない事情があるのだろうか、と初衣は首をかしげた。

「そうですか」

暁也はあくまでにこやかな笑顔で対応する。

「じゃあ、河原には行かないようにします」

「暁也……」

初衣は暁也の服のすそをひっぱった。暁也は笑顔のままうなずく。

「そうですけ、ならよかった」

女性はあからさまにほっとした顔をして背を向けた。

玄関にはさっき様子のおかしかった老人が、暁也と初衣のために靴と下駄を出してくれていた。

「ありがとうございます」

初衣がそう言っても顔を上げない。ぺこぺこと頭をさげてすぐに帳場の方へあがってしまった。

下駄を履いてなにげなく振り向くと——帳場の柱の陰から、老人が涙を流しながらこちらを見ていた。

「やっぱり変だよ」

「なにが」

温泉街というにはうらぶれた通りを、初衣と暁也はブラブラと歩いた。

「旅館の人」

「どんなふうに変なの？」

「じっと見てたり……泣いたり」

「初衣ちゃんが美人だから見てるんじゃないの？」

「ふざけないで！」

「じゃあ僕がいい男だから見てるのかな」

……それはあるかもしれない。都会でさえあれだけ眼を惹《ひ》く暁也だ、この田舎ならスター並みに注目されるかもしれない。

しかし、その暁也より自分の方が見られている気がしてならない。

そう、今みたいに。

初衣は振り返った。さっとガラス戸のカーテンの陰に隠れる人の姿がある。土産物屋だと言うのに、客から姿を隠すなんて。

「……」

気がつけば、小さな温泉街の通りのそこかしこの建物から視線が向けられている。

歓迎や好奇の視線ではない、それどころかびくびくとした、とまどったような表情を伴う視線。

「なんなのかな、もう」

「気にしすぎだよ」

大体暁也もおかしいのだ。占い師などという職業は人の顔色や気配を読むのを得意としているはずなのに、この村全体の雰囲気に気づいていないわけがない。

初衣は暁也を睨んだ。

「わざととぼけているわけ？」

「なんのことかな」

暁也はそっぽを向く。初衣は暁也のブーツの後ろを軽く蹴った。


不愉快な視線を山ほど受けて、ようやく小さな村のメインストリートを抜けると、美山ホテルの窓から見た河原へ下りる階段があった。

「河原には行かないんじゃなかったの？」

「あんなふうに言われたら行きたくなるだろう？」

暁也は初衣に悪戯《いたずら》っ子のような笑みを向ける。初衣も苦笑して階段を下りる暁也の後ろを追った。

白っぽい石がゴロゴロと転がる河原に下りる。平地の河原で見かけるような丸い石は一つもなく、どれもが大きく尖った角をもっていた。だが流れはそれほど速くはない。石の間から伸びたひょろひょろとした草は、葉の先端が真っ赤に色づいている。

暁也は身軽に川岸まで行くと、長身をかがめて小石を拾い上げた。腕がしなやかに伸び、投げられた石は軽やかに二度、三度水面を弾む。

下駄履きの初衣は石に足をとられ、よろけながら川岸まで辿《たど》り着いた。

「上手なんだね」

「それほどでもないよ、子供の頃は四回は跳ねた」

「あなたが水きりで遊んだなんて想像もつかないけど」

「僕の知っている子は五回は飛ばしたけどね」

暁也は初衣を振り返り笑いかけた。

「君もできるんじゃない？」

「私は水きりなんて――」

「やったことあるだろ？」

「近所には川もなかったし」

「でも、遊んだはずだ」

暁也はもう笑っていなかった。真面目な顔で小石を初衣に差し出してくる。

「投げて」

「で、できないってば」

「できるよ」

強引に石を押しつけられる。とまどいながら、見よう見まねで暁也がやっていたように腕を水平に振った。

「――ほら」

石は一回だけ跳ねて沈んでしまった。

「やったことないもの」

暁也を振り返ってその顔を見た初衣は、なんだか後ろめたさを感じた。暁也がひどくがっかりしているのがわかったからだ。

「なんなの――」

「いや、別に」

「できないって言ったじゃない」

「うん……」

暁也はまた川面《かわも》に石を投げ出した。初衣はしゃがみこんでそれを見守る。風呂で温まっていた身体も十二月の風に冷えてきた。

「車でこの温泉に向かってるときにさ」

暁也が背を向けたまま話しかけてきた。

「旅館の人が、ここはダムになるはずだったって言ってただろ」

「うん……」

「発電量がさほど見込めないってことがわかって計画は流れたんだけど、それがわかるまではかなり強引に、計画が進められたそうなんだ」

暁也の話を初衣はぼんやりと聞いていた。石を投げる彼の背中をいつかどこかで見たことがあるような気がする。

そのうち記憶の中に不意に女の子の姿が浮かんできた。

小さな女の子がこの川岸で石を投げている姿……。

あれは私？　いいえ、違う。でも知っている子——。

「ダム建設にはね、大きなお金が動く。工事が発注されれば国から莫大《ばくだい》な予算がでるからね。それを見込んで政治家に賄賂を渡したりする企業もある――」

くらっと目が回り、初衣はまぶたを閉ざした。


石を投げる女の子が私を振り向く。嬉しそうに笑う――。


「初衣ちゃん⁉」

肩に温かなものが触れた。目を開けると暁也が膝をついて顔を覗き込んでいる。肩の温かさは彼の手だった。

「どうしたんだ」

「なんでもない、ちょっと目眩《めまい》がして」

「冷たい風に当たりすぎたかな」

ぎゅっと両肩を抱かれた。

「身体が冷えてるな。顔色も悪い」

暁也は気づかわしげに初衣の顔を見ていた。

「やっぱりここにはこない方がよかったのかな……」

「部屋で休めば治ると思う……」

あの旅館へ戻るのはなんとなく不安だったが今は畳の上で横になりたい。

晩也が初衣を風から庇《かば》うように腕を回して抱き寄せる。それもいやではない、晩也の胸は温かい……。

「ありがとう」

「いや……」

晩也はなぜか目をそらした。

再びいくつもの視線の中を抜けて旅館に戻った。女将や従業員がなにか話しかけてくる言葉も耳には入らなかった。

頭が重く、気分がひどく悪い。

部屋に入ると晩也がかいがいしく布団を敷き、横になるようにと言った。初衣はそのおりに、丹前を脱いで横たわった。

「外に出ているよ」

「そばにいて」

「薬がないか聞いてくるだけだよ」

子供のように心細い声を出した初衣の手を、晩也は軽く握り、それから静かに部屋を出て行った。

初衣はすぐに眠りに落ちた。目を閉じるとそのまま――まるで黒い穴にすとんと落ち込むように眠ってしまった。

そして夢を見た。

河原で思い出したあの女の子がいた。それから怖い男の人がいた。たくさんの人が怒鳴っているようだった。

雨。雨の山道。赤茶色の土が雨で流れてまるで血のように真っ赤な水が道を走っていた。夢だとわかっていた。なんて疲れる夢なんだろう。

見知らぬ車の排気ガスの匂い、シートのビニールの匂い。

車に乗っていると思った次の瞬間には雨の降っている山の中に放り出された。

身体をばしゃばしゃと打つ雨が、痛いほどだった。

初衣は山道を走っていた。隣には女の子がいた。

女の子の白い顔も雨と涙でぐしょぐしょだった。どこかで転んだのか服の前の方がすっかり汚れている。

雨、冷たい雨、イナビカリ、雷のゴロゴロという低い音。

「怖いよ」

女の子が泣く。

初衣も怖かったが自分が涙を見せればこの子はもっと怖がるだろうと我慢した。

「ウイちゃん、怖いよぉ」

「大丈夫、大丈夫よ」

ああ、いやだ、目を覚ましたい。

女の子が泣いている。女の子が――。

初衣は目を開けた。

逆さになった女の子の顔が上から覗き込んでいた。


「きゃあっ！」


自分の悲鳴で目を覚ました。

今のは夢だったのか、目を覚ましたと思ったのが夢だったのか。

心臓が痛いくらいに速く鼓動を打っている。恐怖で身体がまだ震えていた。

（暁也は……？）

襖の方を見て呼吸が止まった。確かに暁也が閉めていったはずの襖が、少しだけ、開いていたのだ。

「あれ、起きて大丈夫なのか」

暁也が丸いお盆を持って戻ってきた。すっかり浴衣から洋服に着替えてしまった初衣を見て、驚いた顔をしている。

「風邪薬とか目眩止めとかもらってきたけど」

「……帰る」

「え？」

「もう帰る！　絶対帰る！　ここ…気味が悪いっ、もういたくない！」

初衣は叫ぶとコートと鞄《かばん》を手にとった。

「ま、待てよ、帰るって、なんで」

「言ったでしょ、気味が悪いの、なんでみんな私を見張ってるの⁉」

「気のせいだよ」

「気のせいじゃない！　襖が開いてたの！　誰か覗いてたんだってば」

「たて付けが悪いんじゃないのか。自然にあいちゃう襖だってあるだろ」

「いやなのよ、ここ。怖いの！」

初衣は暁也の横を通り抜け、襖を開けた。

「ひゃあっ！」

悲鳴を上げたのは廊下にいた従業員の女性だった。

「ああ、驚いた。お客さん具合は……」

「やっぱり見張ってるんだ」

初衣は赤いダウンベストを来た女性従業員を睨んだ。

「なんのことですけえ」

「とぼけないで！　さっきも覗いてたんでしょう！」

「お客さん……」

「おかしいよ、この旅館！」

初衣は廊下を夢中で走って玄関に出た。女将と下足番の老人、それから車を運転してきた男性がロビーに集まってなにか話している。いっせいにその顔が初衣を見た。

「お客さん、どうされました」

「私、帰ります！」

「え……、あの、これから夕食ですけど」

「いりません、タクシーを呼んで」

「でももう暗いし……これから天気も悪くなりそうですよ」

「タクシーを呼んでください！」

「タクシーは……」

女将が男性と顔を見合わせた。

「麓《ふもと》のタクシーは五時過ぎにはもうこっちには登ってこんずらよ」

「じゃあ、車を出してください」

「それが……あいにくうちにあった一台を他の宿に貸してしまって、今はねえんずら」

「初衣ちゃん！」

暁也が追いかけてきた。

「ねえ、落ち着いてよ。考え過ぎだって」

「触らないで！」

初衣は暁也の手を振り払った。河原ではあんなに温かく心地いいと思った暁也の手が今は重く感じられた。

初衣は玄関から飛び出て左右を見回した。どの宿でもいい、車を持っている人に頼んで乗せてもらうつもりだった。

「お、お嬢さん」

隣の宿から年配の男性が出てきた。

「悪いこたあ言わんずら、これから暗くなるから宿に戻りんさい」

土産物屋から老婆も出てくる。

「宿に戻りんさい、なあ」

ぞろぞろと村の人間が集まってきた。無言で初衣を見つめている。ぞっとした。

「どいて！」

初衣は村人をかきわけ、温泉街を駆けだした。旅館だけじゃない、この村全部、この奥美沢温泉全体がおかしい。

晩也も。

晩也もおかしい。まさかグルなの？　でもなんの目的があるっていうの？

晩也はこの土地が初めてじゃないと言っていた。ここの人たちとなにか関係があるの？　そして私ともなにか関係あるの？

「初衣ちゃん！」

後ろから晩也が追ってきた。初衣はとっさにアスファルトの道路から逸れ、木の茂る脇道に入った。

足下でパキパキと枯れ枝の折れる音がする。葉を落とした木々の間は見通しもよく、危険も感じなかったのでそのまま進んだ。

「初衣ちゃん――」

晩也の声が離れていく。

初衣はさらに奥まで歩いて切り株を見つけたのでそこに腰を下ろした。

「……」

こんなことをしてても麓に戻れるわけがない。車で三十分は走ってきたのだ。女の足で山越えは現実的ではないことぐらいわかっている。

腰掛けたまま自分の腕をぎゅっと抱いて、静かに呼吸を繰り返しているとだんだんと落ち着いてきた。人間はそれほど長い間興奮状態は維持できない。

落ち着いて考えてみれば、確かに暁也の言ったとおり、気のせいなのかもしれない。客の少ない時期にきたからみんな気を遣って見ていただけなのかも。

自分も怖い夢をみたせいで、パニックになっただけなのかもしれない。子供じみた真似で暁也や旅館の人に迷惑をかけてしまった。

「……戻ろう」

初衣は顔を上げ、立ち上がった。鞄を持って歩きだす。少し暗くなっていたが、村からそんなに離れてはいないはずだ。すぐにアスファルトの道路に戻れるだろう。

「……どうしてよ」

真っ暗になった森の中で初衣は途方にくれていた。

きた道を戻ったはずだったのに、歩いても歩いても道路に出ない。いや、こんなに歩くような距離ではなかったはずだ。

間違えたかと歩いてきた方向へ戻っても、今度は腰を下ろした切り株が見つからなかった。

隙間だらけで見通しがいいと思ったのに、灯り一つ見えない。

気温はすっかり下がり、鞄を持っている手もかじかんできた。

「どっちなのぉ……」

バカなことをしたと反省したのに、帰ったら謝ろうと思っているのに。暁也やみんなが心配しているだろう。

空を見上げると一面の星。東京では見ることのできないような小さな星までくっきりと見える。なのに人工の灯はちっとも見えない。

初衣は山の闇の怖さを知った。

こんなときにはむやみに歩かない方がいいんだよね。

冷たくなった手を頬に当てて暖める。足の先も冷えて重い。

お風呂に入りたい、あったかいお風呂。おなかもすいた。

ああ、夕飯食べてからにすればよかった。山の旅館だからキノコとか山菜とかお肉とか出たよね。おそばもあるかな、名物だもん、あるよね。ううん、ご飯とお味噌汁だけでもいい……。

カサ、カサ、と靴が枯れ葉を踏みしだく。なんとか村へ戻らないと。暁也の元へ帰らないと。

カサ、カサ。

カサ、カサ。

おかしい、なんだか足音が遅れて聞こえる。山の中って音の通りが悪いのかな。

カサ、カサ。

カサ、カサ。

カサ。

足音が後ろからついてくる。

初衣は振り返った。

暗闇の中で見えるはずのない女の子の姿が見えた。


「――」

目を覚ますと初衣は木の下にうずくまっていた。いつの間にか寝てしまったのだ。むやみに歩き回らない方がいいと思って、しゃがみこんでそのまま。

「寒い……」

初衣は身体を縮こめた。

目の前にある自分の手だけが見えるほどの暗闇。こんな闇の中では暁也も私を見つけられないだろう、と初衣は思う。

「暁也……」

寒くて心細くて涙が出てきた。

そばにいて。そばにきて。ひとりにしないで。

両手を組んでぎゅっと握った。そうだ、あのときも手を握りあわなかったか。

（あのとき……？）

こんなふうに山の中で道に迷って。

冷気でキリキリと痛む頭に握った拳《こぶし》を押し当てた。

（あのとき……？　あのときって……）

女の子が。

涙をいっぱいにためた目で見上げてきたきれいな顔の女の子。

泣かせたくなくて初衣はその子に言った。

「大丈夫、初衣が守ってあげる」

「ウイちゃん……」

――ウイちゃん……？

この呼び方。ごく最近、何度も何度も呼びかけられた。

ウイちゃん　ウイちゃん　初衣ちゃん――。

「暁也……？」

「――――初衣ちゃん！」

近くで暁也の声がした。幻聴ではない。初衣は立ち上がった。

「暁也！」

「初衣ちゃん！」

木々の間に光が見えた。懐中電灯の灯りだ。

「暁也！　ここよ！」

初衣は光に向かって手を振った。正面から照らされ、眩しさに目を細めた。

「初衣ちゃん！　いたぞ！」

「おーい、おーい」

暁也の他に男の人たちの声がした。村の人々だろう。

「初衣ちゃん……」

目の前に息を弾ませた暁也が立っていた。

「ばか！　なにやって……っ！　また遭難したいのか！」

また……？

暁也の腕が初衣の身体を抱きしめた。その温かさの中で、初衣は安心して気を失った。


初衣は夢を見ていた。

あの女の子の夢だ。あの子とは河原で会ったのだ。

町内会の遠足でこの山奥の温泉街に来た。初衣は一人で河原に下りてあの子と会った。

一緒に水きりをして遊んだ。初衣は五回も跳ねさせることができたのに、あの子は三回がやっとだった。

とてもきれいな顔をしてて、柔らかくカールのかかった髪をして、白いセーターを着ていたから間違えたのだ、女の子と。

きれいで泣き虫で気が弱い、一つ年下のあの子は男の子だった。名前はそう――。

「アキヤちゃん」

二人で河原で遊んでいると、知らない男の人が下りてきた。ゴムの長靴を履いた色の黒い人。

「たいへんずら、あんたたちのお父っちゃんが怪我をしたずらよ、早く車に乗りんさい！」

そう言われてびっくりして二人で車に乗った。

でも山を下りる途中で車が止まってしまった。男の人はハンドルの上に顔を伏せてぶつぶつなにか呟いている。お父さんが事故にあったのにどうして車を出さないの？

「ウイちゃん」

アキヤちゃんがこっそりと言った。

「ねえ、おかしいよ、もしかしたらユウカイかもしれない」

「ええっ？　だったらどうするの？」

「逃げよう」

アキヤちゃんがどうしておかしいと思ったのか初衣にはわからなかった。それでも二人でこっそりとドアを開けて降りた。

「あっ！　ま、待つずら！」

男の人が怒鳴って追いかけてきた。アキヤちゃんの言うとおり、やっぱり悪い人だったんだ。

山の中、逃げて逃げて、その途中で雨が降ってきた。右も左もわからなくなって、大きな木のうろの中に逃げ込んだ。

ひどく雷が鳴って、二人で耳を覆った。アキヤちゃんが泣きだした。

「泣かないで、アキヤちゃん、泣かないで」

「ごめんね、ごめんね、ウイちゃん」

「大丈夫、初衣が守ってあげる」

「ほんと？」

アキヤちゃんは一つ年下なんだもの。守ってあげなきゃと初衣は思った。

「うん、約束する。だから泣かないでアキヤちゃん」

二人で手を握りあった。小さな手。

「ウイちゃんと一緒なら怖くない。だからずっと一緒にいて」

「うん。一緒にいるよ」

アキヤちゃんは涙を止めて、少し恥ずかしそうに囁いた。

「じゃあ、じゃあさ、」

大きな瞳が見つめてきた。涙で潤んではいたけれど、キラキラ光るきれいな目。

「大きくなったら……僕のおよめさんになってくれる？」

その言葉に初衣の心臓が急にドキドキし始めた。

「お、およめさん？」

「うん、だっておよめさんはいつも一緒にいてくれるんだよ？」

「でもアキヤちゃんはまだ幼稚園じゃない。初衣は一年生なんだよ」

「ぼく、早く大きくなるから！　お願い、ウイちゃん」

初衣は照れ隠しにわざとぶっきらぼうに返事をした。

「い、いいよ、アキヤちゃんが大きくなって男らしくなって、泣かなくなったらね」

「うん、ぼく大きくなって男らしくなって泣かないよ。だからね、ウイちゃん」

ぎゅっと暁也が初衣の手を握りしめた。

「大人になったらぼくと結婚してね――」


「だ――っ！」

初衣はがばっと跳ね起きた。

「な、な、なに今の――！」

はっとして見回すと逃げ出してきた旅館の和室だ。コートも鞄もちゃんとそばにある。

「い、今の夢……夢だ、夢だよね」

初衣は頭を抱えた。

いや、夢じゃない、これは記憶だ。

どうして今の今まで忘れ去っていたのか。

この温泉地は子供の頃、町内会の遠足で来た。この旅館に泊まった。河原で水きりをした。女の子――いや、きれいな顔の男の子と遊んだ……。

「あ、あの子が、暁也……⁉」

襖が開いた。初衣はびくっと身をすくめた。

「あ、気がついた？」

暁也がお盆に水差しとコップを持って立っていた。

「よかった、目を覚まさないようだったら医者を呼ぼうと思ってたんだ」

「……暁也……」

暁也は初衣の側に座ると顔をじっと見た。

「よかった、顔色も戻ったね……どこか苦しいところや痛いところはない？」

「ないわ……」

暁也はため息をつくと初衣に頭をさげた。

「ごめん、初衣ちゃん。君がそんなにおびえるとは思わなかったんだ……なにも説明しなくて悪かった」

「思い出した。私……ここへ来たことがあるんだね」

初衣がそう言うと暁也はうなずいた。

「うん、君が小学校の一年生のときにね」

「どうして今まで忘れていたのかな……」

「君は助けられたあと、ひどい熱を出して入院したって聞いた。そのせいだと思う。あの夜のことは怖かったから、思い出したくないこととして封印されていたのかもね」

「……暁也が一緒だったんだね」

「うん」

暁也は姿勢を正した。

「僕はあれからずっと君に会いたかった。君に会って謝りたかった……君があんな目にあったのは僕のせいだったんだ」


「この村がダムになる計画があったって話はしたね。そもそもの始まりはそのダム建設だ」

暁也は宿の人が運んできてくれた雑炊を小鉢によそいながら話してくれた。

「電力量が見込めないダム建設に力を入れていたのは、地元出身の議員だった。建設会社から多額の賄賂を受け取っていたという噂があった。かなり強引な根回しをして、反対派を黙らせようとした。そんなやり方にこの村の人は反発して——中でも血気盛んというか気の荒い地元の人が、強硬手段に訴えようとしたんだ」

「強硬手段?」

「その政治家の子供を誘拐して、ダム建設から手を引かせようとした」

初衣は暁也を見た。暁也は軽くあごを引く。

「そう、僕の親父だ。だから誘拐されるのは僕だけのはずだった」

「そんな——」

「たまたま僕は親父に連れられてここに来ていたんだ。でも大人の話し合いの場は子供には退屈だ。僕は一人で河原で遊んでいた。そこに町内旅行できていた女の子がやってきた」

「私……」

「うん」

「私、あなたのこと最初女の子だと思っていたわ」

暁也は小さく笑った。

「政治家の息子を誘拐しようとした村の人は、河原で遊んでいる僕たちを見て、どっちが男の子かわからなかったんだ。二人ともズボンだったし、あの頃の初衣ちゃんはショートカットだったし。それでとりあえず二人とも車に乗せた」

「そうだったの……」

暁也の話でどんどん記憶が蘇ってくる。あの車のシートの匂いまで思い出した。

「でもその人も悪い人じゃない、もうこれしか方法がないと思い詰めたあげくの行動だった。だから途中で怖くなって車を止め、どうしようかと逡巡《しゅんじゅん》していた」

「そうしたら私たちが逃げ出したのね」

「ああ、そうだ。子供たちだけで山の中に入ってしまった。おまけにその夜は嵐だった。その人から話を聞いた村人たちは全員真っ青だったはずだよ。村から犯罪者を出すことになるからね。もし僕たちが山で遭難して死んでしまったら――」

初衣は旅館の下足番の老人を思い出した。

「もしかして、あの人――」

「そう、彼が僕たちを誘拐した張本人だ。山の中を必死に探してくれた人でもあるけどね」

「………」

「でも助け出された君は熱を出して山で迷子になったことは覚えていなかった。それどころかこの温泉地にきたことも忘れていた。村の人たちはほっとしていたよ、事件は子供たち二人が勝手に山に入って迷子になったってことでケリがついた」

「待って」

初衣は不思議に思って声を上げた。

「あなたは？　あなたは覚えていたんでしょう？　どうしてほんとうのことを言わなかったの？」

「誘拐されたって？」

「ええ」

「言おうと思ったんだけどね……」

暁也は伏し目がちに笑った。

「僕も入院して――もし親父が心配して飛んできてくれたら本当のことを話そうと思った。でも親父は僕が入院している間一度も顔を出さなかった。代わりに村の人たちが毎日毎日見舞いにきてくれたんだ」

「――」

「賄賂を受け取るような政治家はね、自分の利益になることでしか動かないんだよ。あの人は父親ではなく政治家だった。知っていたけれど、悲しかったし、悔しかった。だから僕は黙っていた。君と同じように忘れた振りをした。親父への反発だった。村の人の味方になりたかったんだ」

長い話が終わった。初衣はためていた息を吐き出した。この村へ来たときの不安は過去の怖かった記憶の一部だったのか。

「十数年ぶりに耳にした私の名前はこの村にとっては爆弾みたいなものだったのね」

「君の名前はけっこう特殊だから、みんなが覚えていた。この平和な村で警察が動いたり遭難捜索があったりしたのはまれだったから」

「あなたの名前は……」

「僕の檜垣という名は母方の名前でね。高校生のとき家を飛び出して以来、父親の名は使っていないんだ」

「旅館のお風呂場のおばあさんたちも、女将さんも、村の人たちも……」

初衣は雑炊の小鉢を膝の上に置いた。村の人たちのどことなくおどおどとした目つき、旅館の人たちの申し訳なさそうな顔つき。

「私が記憶を取り戻して罪を告発しないか心配だったのね」

「それもあるだろうけど、大方は罪悪感だよ。僕たちが助かったとき、村の人たちがどれほど喜んだか……君は覚えてないだろうけど」

「そうね、きっとそうなんだわ」

湯船の中で涙を浮かべていた老婆たち、泣きながら初衣を見ていた老人――。

自分の存在が何年も彼らの心を塞いでいたのだ。

「私はどうすればいいの？」

「どうもしなくていいよ」

暁也は優しく言った。

「今まで通り、忘れていればいい……」

「――本当に？」

初衣は暁也に視線を向けた。

「全部、忘れていいの？　あなたのことも？　水きりして遊んだことも、山の中を逃げたことも、……約束、も」

「………」

暁也が長いまつ毛の下から初衣を見つめる。

「それも、思い出したの？」

初衣は布団の上で手を握った。

「ここに連れてきたのは――思い出させるためなんじゃないの？」

「うん――」

「最初から――全部計画的だったの？　パレドールセンチュリーに入ったところから？」

「占いで成功して金が自由に使えるようになってから君のことを調べたよ。君があの街で不動産屋さんに勤めていることも調査していた。そのうち吉祥寺には引っ越すつもりだったけど、あんなにうまく君と出会えるなんて思っていなかった」

「最初に言えばよかったじゃない……！」

「言ったたって覚えていないんだから、信じてもらえないだろ」

「回りくどすぎる！」

怒鳴った初衣の声をふさぐように、暁也が初衣の身体を抱きしめた。

「ごめん」

「全部、思い出したよ、あのときの約束も……」

「君は僕のヒーローだったんだ。僕を守ってくれた、自分だって怖いのに、手を握って大丈夫と言ってくれた。僕はずっと、君に応えられる男になりたくて、努力してきた……」

「やりすぎよ、どうしてそんなにいい男になっちゃうの。無駄に美形なのよ。おかげで私はあなたを逆に信じられなくなっちゃったじゃない！」

「無駄に美形なのは僕のせいじゃない」

「ふたを開けてみれば子供の頃の夢みたいな約束を十何年も守ってる、しつこくて粘着質でバカみたいな――」

「しつこくて粘着質はあってるけどバカはないだろう」

「バカよ、私なんてすっかり忘れていたのに――」

「約束を果たしたかったんだよ」


大きくなったら僕のおよめさんになってくれる？


かあっと身体が燃え上がるほど熱くなった。きっと顔が真っ赤になっているだろう。

「わ、私が、いやだって言ったらどうするつもりだったの！」

「いやだって？」

暁也は初衣の顎を強引に持ち上げた。初衣は抵抗したが両手で頬をはさまれては拒みきれない。

「本当にいやなの？」

「……っ」

「僕のこと、きらい？」

朝の湖のように澄んだ目が見つめてくる。この目は子供の頃と変わっていない。たった一度の約束。そのために。

「君がずっと好きだった。出会って君が変わっていなかったことに、僕は自分を褒めてやったね。やっぱり僕の目はまちがってなかったって」

「——うぬぼれ屋なんだから」

初衣は自分の頬にある暁也の手に手を重ねた。

「でも——そういうところは嫌いじゃないよ……嫌いじゃない、暁也……」

薄い色の瞳に自分が映っている。ずっとずっと、この瞳に映っていたい。

「好きよ」

そっと唇が重ねられた。まだ数えるほどしかしていないキス。一番深く、一番長く。

初衣を驚かさないようにと優しく柔らかく、舌が絡んで甘く吸われる。頬にあった手が肩に回り、背に滑った。

髪をすかれ、ぎゅっと抱きしめられる。あわさった胸の鼓動が溶け合うようだ。

ぼうっと頭の芯が痺《しび》れて初衣はされるままに布団に横たわった。

「初衣——」

暁也がうっとりと名前を呼ぶ。初衣は微笑んで暁也の顔に手を伸ばそうとした——。

「お客さん、お邪魔してよろしいですか」

「！」

思わず初衣はそのまま暁也を突き飛ばした。

「わっ！」

暁也の身体が思い切りよく転がる。

「は、はい、どうぞ！」

「失礼しま――どうされました？」

襖を開けた旅館の女将がぎょっとした顔で初衣と、部屋の隅でひっくり返っている暁也を見つめた。

「な、なんでもありませんっ、このたびはご迷惑おかけしまして、ほんっとに申し訳ありません！」

初衣は布団の上でぺこぺこと頭をさげた。

「ああ、いえ、大丈夫ですよ、私らの方も、なんだかお客さんを怖がらせてしまったみたいで……申し訳ありません」

女将はやはりおどおどとした態度で申し訳なさそうに頭をさげた。

この人にも余計な気を遣わせてしまったのだろう、と初衣は心苦しくなった。

「……初めての場所だったんで、ちょっと不安になったんです」

初衣は笑顔を作って言った。女将がはっとした顔をする。

「そうですけ……」

二言三言、話したあと、女将は静かに出て行った。十数年前に行方不明になったあのコはなにも覚えていなかった。きっと村の人たちにもそう話してくれるだろう。

下足番のおじいさんは安心するだろうか、おばあさんたちは胸をなで下ろしてくれるだろうか。

「初衣ちゃん……」

暁也が起き上がり笑いかけた。初衣も笑い返した。

「これでいいんだよね」

「そうだね」

言いながら暁也がにじりよってくる。

「邪魔が入っちゃったけど続き――」

「なに言ってるの」

初衣は暁也の顔をぐいっと押しやった。

「私、すごく疲れていることを思い出したの。今日はこのまま休ませてもらいます」

「えええええ――！」

暁也が悲鳴を上げる。

「せっかくいい雰囲気になったのに！　僕のこと好きだって言ってくれたよね？」

「それとこれとは話が別。ほんと疲れてるんだってば、寝かせて」

初衣はぱっと布団をかぶった。さっきのことを思い出すと顔が燃えるほどに恥ずかしい。

「う、初衣ちゃん」

だって山道をさまよったあとお風呂にも入ってないし、なのにあんなに強く抱きしめられて……いまさらだけどすごく恥ずかしくなってきたし。

目を閉じていると本当に眠気が襲ってきた。

十数年待ってたんならもう少し待ってくれてもいいわよね……。

「初衣ちゃーん――」

暁也の情けない声を聞きながら、初衣はぎゅっと目を閉じた。

ACT4　注文の多い物件

ドアの前で口づけを交わす。彼の舌はまだもうすこし、というように口中をさまようが、それを引きはがすようにして初衣は身体を離した。

「お、おやすみ」

「うん、おやすみ」

初衣が三一二号室、暁也が三一四号室。

初衣は逃げるように部屋に入り、背中でドアを閉めた。固いドア越しに彼が自室のドアを閉める音を聞く。

初衣は、はあっと大きくため息をついた。心臓がどきどきしている。この音を聞かれるのも恥ずかしく、すぐに身体を離してしまう。

好きだ、と告白して一週間。初衣と暁也はまだキスしかしていない――。

初衣は座り込みそうになった足を励まして、部屋の中に入った。服のままベッドの上に倒れ込む。

唇にシーツが触れると、さっきのキスを思い出す。とても柔らかな――男のくせに柔らかな唇に、しっとりした舌。おやすみのキスなのに、もっともっと奥へと伸ばしてくる。でも決して強引ではない。

初衣が嫌がれば、彼……樋口暁也はそれ以上進めない。

だから。

お互い好きなのにキスしか。

いつもいつも、朝起きると初衣は悩む。今日はどの下着をつけていこうかと。

いつかくるその夜のために、今まで買ったこともないような贅沢《ぜいたく》なレースやフリルのついた下着。ブラとショーツがお揃いなのはもちろん、繊細な薔薇《ば》薇《ら》の刺繍がほどこされたものも、優しい色合いのものもかわいいものも。

この一週間の下着の購入が、初衣の財政を圧迫している。

それなら嫌がらなければいい？

「無理！」

だって暁也があのきれいな顔で、私に愛の言葉を囁いて、腰に腕を回して身体を密着させるだけで、心臓が破裂しそうになる。

キスだけで腰がとろけ、膝ががくがくする。

暁也の手が胸に触れたこともあるけど、それだけで背筋に電気が走ったみたいに全身がビリビリして——気がついたら突き飛ばしていた。

「ああああ」

初衣はごろごろとベッドの上で転がった。

自分の性格がうらめしい。いくら男性に免疫がないといっても、暁也のことは大好きだし、あ、あ、愛し合いたいとも思っているのに。

でもだめ。

いったん好きだと思ったら恥ずかしくてまともに顔が見られない。なにあのきれいな顔、私だけを熱く見つめる瞳に歯の浮くような甘い言葉。

「慣れてない、慣れてないのよ！」

暁也が横暴で勝手な人間ならいいのに。せめて強引で私の言うことなんかいちいち聞かなければいいのに。

ほんとに私が欲しいなら、拒んだって最後までいっちゃえばいいのに！

暁也のバカ。毎日新しい下着を買う私の身にもなってよ！

当面の問題はどうすれば一線を越えることができるのか？

「……私が拒めない状況になればいいんだけど……」

そんなシチュエーションがまったく思いつかない。

「もう……どうしたらいいんだろう……」

悩んでいても朝は来る。そして朝が来れば仕事へ行かなければならない。

初衣は今日も新しい下着を上下身につけて出社した。

初衣の勤めるベータホームズ不動産は業界では中堅のチェーン店で、駅に近いこともあり、毎日けっこう忙しい。真面目な初衣は、仕事のスイッチが入れば熱心な不動産会社のスタッフとして、会社の内も外も駆け回る。

主に東京都内の物件を扱うが、中には他のチェーン店から回ってきた地方の物件もある。都外へ急な引っ越しをしなければならない人には助かるシステムだ。

「穂高くん、穂高くん」

外出先から戻ってきた初衣を、所長がおいでおいでと手招きしている。初衣はことさらにゆっくりとした動作でコートを脱ぐと、用心深く所長に近づいた。

こんな呼ばれ方でいい話があったためしがない。

「なんでしょう？」

「あのね、伊豆にS物件が出たんだけど」

『S物件』といえば地方物件のことになる。

「伊豆、ですか？　うちでは初めての地域ですね」

「うん、しかも、昔の大金持ちの別荘らしいんだよ。部屋数も多いし、オーベルジュとかプチホテルなんかに展開したら面白いよね」

「はあ……」

「で、それを見に行ってくれない?」

「――私が、ですか?」

「写真や見取り図はもらっているんだけど、預かるにはやっぱり人の目でじかに見ないとね――あ、交通費は出ますから」

「当たり前です。でもそんな高級物件なら所長がいかれた方が」

「いや、僕はほら、持病の腰痛がね。日帰りじゃなくて一泊してきていいから売り物になるかどうかじっくり見てきてください。なんなら樋口先生と一緒に」

一瞬で顔が熱くなった。所長は初衣と暁也がつきあっていることを知っている。しかも、占い師である暁也の信奉者で、ことあるごとに彼に便宜を図ろうとする。この場合の便宜というのは、初衣と暁也を二人きりにすることだ。

「し、仕事に部外者を連れていくわけには!」

「プチホテル展開しようって言ったじゃない。ああいうところはカップルが行くんでしょ? カップルの目で見てきてくださいよ。伊豆はいいよ、冬でも暖かくてね。温泉もあるし、海の幸はおいしいし」

「所長、暁也――樋口さんになにか握らされましたね？」

「いやあ、まさかあ。仕事だよ、お・し・ご・と」

嘘だ、と初衣は所長を睨んだ。暁也はちょくちょく初衣の仕事場であるこの不動産屋に顔を出す。所長を占う――というのは名目で、実際は初衣の情報を得るのが目的だ。

そもそも暁也の占いは九割が情報収集でなりたっている。残りの一割は……本当に能力らしいが。

暁也にとって対象の情報を得ることはほとんど本能のようなもので、特に好きな相手のことはなんでも知っておきたいから――と長いまつ毛の間から上目づかいでじっと見つめられ「ごめんね」などと言われたら、初衣は文句を飲み込んでしまう。

職場でなにをしているかなんて別に知られてもいいことだが、暁也は時折、その情報を基に初衣と行動を共にすることがある。そのたびに所長の机に暁也が贈った幸運グッズが増えていく……。

「とにかく仕事としてその別荘を見てきてください。ね？　お願い」

「……」

「当日は所有者の方――堺《さかい》さんっていうんだけど、その人たちもくるらしいから」

顔の前で両手をすりあわせる所長に初衣は長いため息を吐き出した。

「――わかりました」

「ほ、ほんと？　ありがとう、穂高くん！」

　初衣がいつものようにゴネないので、所長がびっくりしている。実は初衣もこの仕事を内心ありがたいと思っていたのだ。

（これで――暁也から逃げない口実ができた……この一泊でなんとか……なんとか暁也とその……ナントカな関係に……！）

　初衣はぐっと手を握りこんだ。所長は怯えた目でそのこぶしと決意を固める初衣のつりあがった眉毛を見上げていた。


　東京から踊り子号に乗って二時間ちょい。伊豆に到着したのは十四時過ぎだった。

「ここからはタクシーで行くわよ」

　初衣が振り向くと、暁也は駅前の土産物屋で温泉饅頭に見入っているところだった。ほかほかとあたたかな湯気をあげている一口大の温泉饅頭は、いかにもおいしそうに観光客を誘っている。

「それは帰りに買えばいいでしょう？」

「いや、しかしおいしそうだな」

　暁也が振り向いて笑う。子供のような無邪気な笑み。土産物屋にいた女性客がみんな長身の彼にうっとりとした目を向けていた。

「早く行くわよ！」

初衣はことさら厳しい口調で言うと、暁也の腕をひっぱった。すると暁也はその手をとって、自分の曲げた肘にひっかけさせる。

「カップルの目で見てこいって言われたよね」

樋口暁也は占い師だ。だが、それを知る前、初衣は別な職種だと思っていた。たとえばホストとかホストとかホストとか。

顔がいいだけではなく、女性の扱いも手慣れていて洗練されている。それでいて身につけるものや、所作に品がある。

成人するまでは有名な政治家の息子として厳しくしつけられた過去のたまものだろう。親と不仲になり、単身ヨーロッパで占いの勉強をした。その間に何人もの女性の世話になったという経歴も実になっているのかもしれない。

そんな彼が自分を好きだ、愛してるというのが信じられず、なかなか進展しなかった二人の仲だが……。

今回の旅行でその仲を深めなきゃ、と思っているのに、暁也ってば私を怒らせるようなことばかり。

しかし初衣は暁也の腕から自分の腕を離そうとはしなかった。

（つ、つないでおかないと糸の切れた凧《たこ》みたいにふらふら飛んでくから——だからよ！）

それでも体は少し離しておく。初衣も身長があるので、暁也の長い足にもついて歩ける。

午後の日差しが二人の影を長くアスファルトに伸ばしている。体と体の間に隙間を空けて歩く影法師はひどくぎくしゃくしていて滑稽だった。


タクシーに乗り目的地を言うと、運転手が怪訝《けげん》な顔で振り向いた。

「そんなとこ、旅館もなにもないですよ」

「あ、いいんです。個人の別荘ですから」

「個人の……？　あ、もしかして首切り屋敷ですか？」

「え——？」

「なんですか、それ」

初衣を押し退けて暁也がぐいっと顔を出した。

「僕らが行くのは藤崎《ふじさき》さんと言う方が建てられた別荘ですよ。明治の初めに建てられた温泉つきの洋館で、昭和の終わりまで血縁の方が利用されていたという」

「ああ、——うん、あそこね」

「地元では首切り屋敷と言われているんですか」

「いや——あの、ごめんなさいよ、変なこと言っちゃって。気にしないでください」

「いやいや気になりますよ。だって僕ら、その別荘を利用できないかって調査に来てるんですから。地元の人にそんな名前で呼ばれてるって、かなりいわくつきなんでしょうね」

「ちょっと……！」

初衣は暁也の腕をひっぱった。

「なに、勝手にべらべらしゃべってんのよ、まだ決まったことじゃないのに」

「いや、でもさ。首切り屋敷なんてそんな魅惑的なキャッチフレーズがついてたら気になるじゃないか」

暁也はわくわくした顔で、運転席に体を乗り出した。

「教えてくださいよ、チップ弾みますから」

「ああ、まいったね、こりゃ。アタシが言ったって言わないでくださいよ」

年配の運転手は太い眉を下げて情けない顔をつくった。

「アタシは生まれも育ちもこの土地なんでね。つい、子供の頃の言い方が出ちゃってさ。首切り屋敷、なんて昔の言い伝えなんですよ。明治の初めにあの屋敷を建てた藤崎って人——このあたりじゃ藤崎の殿様で通ってるんですが、まあ、昔の華族様ってんでしょうね。あの別荘はその殿様が奥方のために建てたものなんですが、その奥方さま、亭主が東京で仕事をしてて留守なのをいいことに、地元の若い男と浮気してましてね。それを知った殿様が、奥方と浮気相手の若いものを刀で刺し殺して首を――」

「斬《き》ったんですか？」

「そう。それがずーっとこの地域に伝わっているんです。子供の遊び歌にまでなってて、アタシも小さい頃そう歌ってたもんで、つい。子孫の藤崎さんたちはごくごく普通のお金持ちだったのにね。ま、お金持ちっていうだけで普通じゃないか」

運転手はハハハ、と力なく笑った。

「でも地元ではまだその名前が残っている……」

暁也は聞くものの記憶に埋め込むようにゆっくりと言った。

「事件の伝承としてだけなら、昔話やおとぎ話のように恐怖もなくただ伝えられていくだけだ。でも運転手さん、あなたはあの屋敷の名前を恐れをもって呼びましたねえ」

低いのに、よく響き、胸に落ちる声。初衣はひやりとしたものを感じた。

暁也が占いを始める時の声だ。

この声と独特なリーディングを使い、暁也は人が伏せていたことも掘り出してしまう。

「お、おそれ、なんて」

バックミラーの中で運転手の目が泳いだ。

「昔話のようなその屋敷をどうして怖がるんです？　なにかほかに怖いことがあるんですか？　あなたはなにか、知っているんですか？」

「い、いや、アタシはなにも知りませんよ」

「じゃあほかに誰が知ってるんです」

「そ、そりゃあ、あの町で店とかやってる連中なら——」

　暁也はすばやく初衣に目配せした。つまり、なにか怖いことがあるんだ——初衣は小さくうなずく。

「そういやこのあたりは魚もうまいんですよね」

　暁也は急に声音を変え、明るく言った。運転手を圧迫するような姿勢もやめて、元通り座席にもたれる。

　運転手が露骨にほっとした顔をした。

「ええ、ええ、そりゃあうまいですよ。ちょっと行けばおいしい刺身を食わせてくれる店もありますし」

「そりゃ楽しみだ、ねえ？」

　暁也が初衣にウインクする。初衣もぎこちなく笑みを返した。

　首切り屋敷——その名前だけではない、なにか不穏なものが、これから向かう先にあるのだと思うと、笑うことなどできなかった。

藤崎邸はまるで映画のセットのように崖の上に黒々とした姿で建っていた。見た目は二階建てだが、天井が高いのだろう、三階建てのビルほどの高さがある。

「へえ、立派なもんだなあ」

砂色の煉瓦《れんが》の壁には蔦《つた》が絡まり、大きな窓の周りには凝った装飾。屋根の形は台形で、全体的にルネッサンス様式に英国様式を加えた建築で、小さめな鹿鳴館《ろくめいかん》を思わせる。

「すてきね。プチホテルにしたら女性客が喜びそう」

屋敷の玄関から初衣たちの立つ鉄格子の門までは、百メートルはあるアプローチが続いている。両側の茂みを整備すれば駐車場としても十分使えるだろう。

初衣は門柱の呼び鈴を押した。

たっぷり五分は待ってようやく玄関が開く。そこから年配の女性がゆっくりと門まで歩いてきた。

「どちら様ですか」

「あ、私、ベータホームズ不動産からきました、穂高と申します」

「ああ……、はい、伺っております」

女性はぼそぼそとした口調で言うと門扉を開けた。

「どうぞ。わたくしはここの管理を任されております、野口《のぐち》と言います」

「すみません、お世話になります」

野口は灰色のワンピースに茶色のエプロンという地味な服装だったが、首には淡い色のスカーフを巻いていた。

野口は初衣と暁也の背後を見回した。

「お二人だけですか？」

「あ、はい」

「……堺様ご夫妻もいらっしゃると伺ってましたが」

堺夫妻というのはこの屋敷の今の持ち主だ。今日、ここで待ち合わせる予定だが。

「いえ、一緒ではありません」

「そうですか。ではこちらに」

野口は先に立って玄関に向かった。

「野口さんはこちらにお一人で？」

「はい。連れ合いを亡くしまして、困っていたところをこちらの管理人として住み込みで雇っていただきました」

ようやく玄関に到着し、野口がドアを開けた。

「わあ、」

中に入って初衣は思わず歓声をあげた。

円形の玄関には年代ものの豪華なシャンデリアが下がり、目の前には羽を広げたように左右に延びる優雅な階段があった。階段の踊り場には花々を描いたステンドグラスがはまって明るい色を床に投げかけている。

「すてきですねえ」

「ありがとうございます」

野口の声にわずかに感情がこもる。

「本日はご一泊でございますよね、お部屋にご案内します」

玄関から階段を上がるといくつかの肖像画がかかっていた。

「これは藤崎家の人たちですか？」

暁也の声に野口は肩越しに振り向き、

「そうです。初代の殿様と、最後のご家族のものは別の部屋にあります」と答えた。

案内された部屋に入るなり、初衣は青くなって野口に言った。

「あ、あの、まさかここ一室じゃないですよね」

「はあ？」

「私たち、部屋を――」

「いいじゃない、初衣ちゃん」

がしっと暁也が肩を押さえる。

「すてきな部屋じゃないか、なんの問題もない」

「おおありよ！」

初衣の前には大きなダブルベッドがおいてある。枕はふたつ。

確かにこの旅行で暁也となんとかなりたいとは思っていたが、いきなり一部屋に放り込まれる心の準備はできていない！

「すみませんが、どこかお部屋をもう一つお願いできませんか？」

初衣は野口にくいさがったが彼女の返事はそっけないものだった。

「申し訳ありません、他の部屋ではお布団の用意がないんです。掃除もしておりませんし」

「そんな」

「初衣ちゃん」

暁也が耳元で囁いた。

「心配しなくても手は出さないよ。僕ならそのカウチで寝るし」

窓の前に華奢《きゃしゃ》な造りのカウチが置いてあった。そこまで言われれば初衣も引き下がるしかない。

「わ、私がそっちに寝るよ。あなたには狭いでしょ」

初衣も囁き返す。野口はなにも聞こえていないそぶりで控えていたが、大声で話す内容ではない。

「まあそういう細かいことはあとで決めればいいさ。それより仕事をしなくていいの？」

暁也がデジカメを取り出す。初衣は唇を尖らせて彼を睨むと、自分のバッグをベッドサイドのテーブルに置いた。

「じゃあ……すみません、野口さん。屋敷の中を見せていただけますか」

「かしこまりました」


野口の案内で二階のその他の部屋を見てゆく。確かに彼女の言う通り、初衣たちと、あとから来る堺夫妻の部屋以外は、すべての客室のベッドには布団がない。

「二階は全部客室なんですね」

「はい、初代の殿様が建てられた時にはいつも大勢のお客様がいらっしゃったそうです」

どの部屋も大きな窓から明るい日差しが入り、ホテルにすれば快適な部屋になること間違いなしだ。

一階に下りて大広間を覗く。

「昔はダンスパーティも行われたそうです」

「へえ」

天井までの大きな窓が四つ。床には大きな薔薇の花が描かれ、天井は円形になっていた。壁には大きな肖像画がかかっている。

「あれが藤崎の殿様、ですか」

「はい、殿様とその奥様です」

妻のために この別荘を建て、その妻に裏切られ首を斬った男と斬られた女。我の強そうな、獰猛《どうもう》な顔をした男と、どこかおどおどとした表情の女。

暁也はあごに指をあて、じっと肖像画を見上げている。

「浮気しそうにもない奥さんだけどなあ」

呟きに野口が顔を上げた。

「もしかして、この屋敷の噂《うわさ》をご存知で？」

「ええ。来る途中でね」

「首切り屋敷、幽霊屋敷と？」

「幽霊屋敷⁉」

初衣のあげた声は思いがけず部屋の中に響いた。

「幽霊屋敷とは聞いてませんでしたが」

「そうですか」

野口の唇に奇妙な笑みが浮かぶ。

「有名ですよ。ですからここをホテルになんてお話を聞いた時には、ずいぶん剛胆《ごうたん》なことと思いました」

「幽霊、出るんですか？」

暁也が好奇心まるだしの体で聞く。

「さあ、それは。今晩ご自分の目で確認されてはいかがでしょう」

部屋を出た野口のあとにつきながら、初衣は暁也に囁いた。

「私、いやだからね。幽霊だけは絶対いやっ」

「初衣ちゃん、幽霊苦手なんだ」

「幽霊屋敷だなんて。聞いてたら絶対こなかったのに」

一階には他に客用の待合室やくつろぐための談話室があり、図書室まであった。

「ここの本は？」

「三代目のご当主がお好きで集められたものです。大正、昭和の文豪や詩人の本、他に学問の本です」

「洋書も多いですね」

初衣は背表紙を眺めて言った。ほこりとかびの匂いの混じった独特の空気。ひんやりとした空間にもう一枚の肖像画がある。

「これが最後の藤崎家の人ですか」

暁也がその絵の前で言った。

背広にネクタイの男性と白いワンピースの女性、二人の間に淡い色のワンピースを着た少女が立っている。

大広間で見た殿様夫妻とは違い、三人の家族は柔らかく微笑み、幸せそうだった。

「この絵はいいですね。明るくて優しい。円満な家族だったみたいですね」

暁也の言葉に野口もそばに立って見上げた。

「はい、わたくしもこの絵が一番好きです。このころが一番幸せ……だったんでしょうね」

「だった……というと？」

野口は目を閉じ、ゆるく頭を振った。

「ご主人が仕事に失敗して大変な借金を背負い――奥様と娘を殺して自殺したと言われています」

「そんな――」

初衣はもう一度絵を見た。そんな悲惨な未来も知らず、三人は笑っている。

「殺した、というのは……どうやって」

暁也がぶっそうなことを聞く。野口は眉を寄せると、

「屋敷にあった刀で――」

「まさか首を？」

野口はうなずき、ぶるっと震えて自分の首に触れた。

「恐ろしい話です」

初衣も首の周りが寒くなった気がして思わず両手で押さえた。

「明治の頃の話が今の時代まで残っている理由がわかりましたよ」

運転手が怯えたわけは再現された首切りの伝説のせいだったのか、と初衣も納得した。

最後に食堂と台所を見せてもらった。

「大きな食堂ですね」

「はい、このテーブルはイギリスから輸入されたものだそうです」

高い天井からシャンデリアが三つも下がっている。長方形の大きなテーブル。明治の初めにはここで華やかな晩餐《ばんさん》会が開かれたのだろう。

台所は現代風のシステムキッチンだった。とはいえ、そこそこの年代を感じさせる。

「ここは改築されたんですね」

「ええ」

野口は水道の蛇口をひねった。水が勢いよくステンレスのシンクに落ちるとバタバタとやかましい音を立てる。

「昭和の中期くらいのものでしょうか」

「そうですね。どうしても当時の流行のステンレス流し台がいいと言って。それまではタイルが貼られたもので、まだ薪でかまどを使っていました……いたようです」

「最後のご家族もあの大きな食堂で？」

「いえ、ご夫婦と娘さんの三人家族で、その頃はもう誰も訪ねてはきませんでしたからね。台所にこの小さなテーブルを出してつつましく食事をしていたようですよ」

野口は流し台の後ろにあるテーブルを指した。これもけっこう年代ものだ。暁也が手で押すと、キイと鳴ってかしぐ。

「野口さんもここで食事を？」

「はい。でも今日は久しぶりに食堂を使いましょう。お二人にはそちらで」

「ここでいいですよ。うちもこんなふうに家族一緒に台所で食べてましたし」

「そうですか？」

「いや、初衣ちゃん。夕食は外で食べよう」

暁也が初衣の肩を叩いた。

「来る途中に居酒屋とかあったじゃない。僕、旅先では地元の居酒屋に行きたいんだよね」

暁也はそう言って野口に頭を下げる。

「そんなわけで今日の夕食はけっこうです。明日の朝食だけお願いできますか？」

「わかりました」

野口は別段気を悪くした風もなくうなずいた。その時、台所の中に大きなブザーの音が響いた。

「きゃっ！」

「……失礼します。どなたかいらしたようです」

飛び上がった初衣を後目《しりめ》に野口が台所からでてゆく。窓から長く延びた先の鉄格子の入り口が見えた。確かにそこに車が止まっている。

「あの呼び鈴、こんなふうに聞こえるのか」

「ここからじゃあ、出てくるのに時間がかかるわけね」

百メートルほど先だが、誰かが鉄格子を摑んでなにか叫んでいる様子がわかった。

「堺さんたちかしら」

野口がゆっくりと門扉に向かってゆく。

「僕たちも玄関に行ってみよう」


玄関で待っていると、しばらくして野口と二人の客がやってきた。

「あら」

背の低い、初老の女性がのけぞるようにして初衣と暁也を見上げる。もう一人は貧相な口ひげをはやした同じ年くらいの男性だ。

「どなた？」

「不動産屋です」

初衣が口を開く前に暁也が愛想のいい笑顔で答えた。女性の方がぽかんとした顔で暁也を見つめている。いきなりこんな美形が出現したことにとまどっているようだった。

「ああ、ベータホームズ不動産の方？」

男性の方が軽く頭を下げる。

「どうも、堺です。こっちは女房で」

「堺さん――あ、やっぱり」

初衣はあわてて暁也の前に出て名刺を差し出した。

「ご依頼を受けてこちらを査定にきております、穂高と樋口です」

「あ、そ、そのことなんですけど」

男が名刺をとるより早く、夫人の方が奪い去った。目はまだちらちらと暁也を見ている。

「ホテル用にって言ったのはナシにして、屋敷は取り壊して土地を売ろうかと」

「ええっ」

大声を上げたのは初衣ではなく野口だった。

「そ、そんな――嘘でしょう？　この屋敷を維持するという約束でここを買ったんじゃなかったんですか？」

今までほとんど感情らしいものを見せなかった彼女の驚きぶりに、初衣の方がびっくりした。

「そうだったかしら」

堺夫人は夫を振り向く。夫がこくこくうなずくのを一睨みしたあと、赤く塗った唇を開いた。

「この土地を買いたいっていう話をもらっているのよ。幽霊屋敷なんて噂のある建物をホテルにするのはむずかしいし」

「でも、ホテル用には十分な広さと部屋数です。歴史的価値も高いし、買い手はつくんじゃないでしょうか」

初衣は両手を広げぐるりと玄関を見回した。

「せっかくこんな美しい建築物があるんですから有効利用した方が」

「それが、土地だけならすぐに購入してくれるってところがあるんですよ。私はまあ――この屋敷の作りが気に入っているんですが」

堺氏は広い額をハンカチで拭きながら言った。

「せっかく査定にきてもらって申し訳ないですけどね」

夫人の方が、もう帰れと言わんばかりの態度で言った。

「ここは……確かに幽霊屋敷です」

不意に、野口が低い声で言った。

「だから、取り壊したりなんかしたら――祟《たた》られますよ、いいんですか」

「バカなこと言わないでちょうだい、祟りだなんて」

堺夫人が鼻を鳴らした。

「ホテルとして残されるならまだしも取り壊すだなんて――この屋敷に眠っている霊たちが黙ってませんよ」

「霊たち？」

黙っていた暁也が呟いた。

「死んだのは初代の奥方と浮気相手、最後の家の家族だけですよね。その人たちが祟るんですか？」

「いいえ――この屋敷で死んだものすべてです」

野口は重々しく言った。

「みんながこの屋敷を守っているんです。ホテルにして末永く使ってください、お願いします」

「そりゃあなたは管理人としての仕事がなくなるかもしれないけど」

堺夫人は腰に手をあてて頭をそらした。

「ホテルになったからって居場所はないわよ」

「それでもかまいません、わたしはこのお屋敷がここに建っていれば満足です」

「まあまあ……」

暁也が二人の女性の間に入って手を広げた。

「堺さん、土地をお売りになりたいというご意見はわかりましたが、一応この屋敷に関する話はベータホームズ不動産の方が先にうかがっていますよね？　私どもの査定が終わってから決められてもいいのではないでしょうか。土地が欲しいという業者よりいい条件でしたらその方がお得でしょう？」

「それはそうですが……」

堺氏は妻の顔色をうかがうように気弱な笑みを見せた。

どうやら土地を売って早く現金を手に入れたいのは妻の方で、夫の方はそれほど乗り気ではないらしい。

「それならその査定はいつ終わるの？」

堺夫人は案の定いらだった様子で足を踏みならした。初衣は手帳を開くとボールペンで紙面をつつきながら、

「今日、あちこち写真を撮らせていただきました。すぐにメールで送って上のものにも確認させます。あとは私たちの見た目で報告させていただいて――そうですね一ヶ月あれば」

「一ヶ月！　長すぎるわよ！」

初衣の言葉に夫人がかなきり声を上げる。初衣は少し考えるそぶりをして、「ではがんばって二週間で」と答えた。夫人もそれにはしぶしぶ同意した。

「それでは僕らはちょっと出かけてきます。お二人はごゆっくり」

暁也は初衣の背中を押して玄関から外へ出た。振り返ると開いたドアの中に堺夫妻と野口が額縁に収まった絵のように並んでいた。


「大丈夫だったの？」

歩きながら暁也が顔を覗き込んでくる。

「なにが」

「査定。一ヶ月かかるのを二週間にしちゃって」

「ああ」

初衣はにっと唇を引き上げた。

「一ヶ月っていうのははったりだよ、もともと二週間くらいで済むの」

「なあんだ……やるじゃん、初衣ちゃん」

「嘘も方便ってね。ところでほんとに居酒屋へ行くの？」

「うん、いろいろ調べたいこともあるから」

暁也は歩きながらスマホを出したが、画面の表示を見て顔をしかめた。

「圏外だって」

「やだ、ほんと？」

初衣もスマホを取り出したが、やはりアンテナが立っていない。

「まあ十五分ほど歩けば町につくだろう」

暁也は初衣を励ますように言った。

「あの野口さんって人、ずいぶんこの屋敷に執着してると思わないか？」

「そうだね、自分の家みたいな口調だったし」

「彼女を管理人にしたのは堺さんたちなのかな？」

「調べてみる？」

「ああ」

町についたらスマホの電波を確認しなくっちゃ……。

夕闇がゆっくりと周りの空気を染めてゆく。反対に進行方向には明かりがぽつぽつと見え始めた。

「ビールに日本酒……刺身、煮魚……」

暁也がうっとりした顔で呟いた。

「地元のものを楽しむのが旅の醍醐《だいご》味だよね。ここらあたりは魚がうまそうだ」

「居酒屋くらいしかないかもよ」

「ヨーロッパを回って、やっぱり日本食がうまいと思ったね。居酒屋いいじゃない」

暁也の腕が初衣の腕にわざとらしく触れた。

「足下暗いから——どうぞ」

「まだそんなに暗くないでしょ」

言いながらも初衣はそっと暁也の腕を掴んだ。肌寒い空気の中で暁也の腕が温かい。

「やっぱり旅はいいよね」

暁也がうれしそうに言う。

「毎日初衣ちゃんの出張があればいいなあ」

「ばぁか」

楽しそうな暁也に初衣も唇をほころばせて答えた。


二人が見つけた居酒屋には地元の人たちがちらほらと来ていた。ビールと熱燗《あつかん》を頼み、壁に貼ってあるメニューを眺める。

「あんたたち、観光?」

丸い頬をてかてかと光らせた女将さんが聞く。

「ええ。おなかが減ってるんです。なんでもいいですからどんどん持ってきてください」

暁也が威勢のいいことを言うときゃらきゃらと笑った。

「いいねえ、おにいちゃん。色男だし、キップもいいわあ」

すぐにどかどかと煮物や漬け物が並び出す。暁也と初衣は瓶ビールで乾杯をした。

「だけどこんなとこ旅館もないだろ？」

近くの席に座っていた、赤い顔をした男が聞く。

「なんでまたわざわざこんなしけた店に」

「しけた店ってなんなの、そのしけた店に飲み代つけている分際で」

女将の言葉に店内が沸く。暁也はビール瓶を持つと、その男に向けた。

「どうぞ」

「おお、こりゃすまんねえ」

「僕たち、この先の藤崎さんの別荘を見に来たんですよ」

そのとたん、店内の音がいっさいやんだ。奥からかすかに揚げ物の音が聞こえてくるだけだ。

「不動産の関係で見せてもらっているんですが、あそこの屋敷にはいろいろ噂があるようですね」

暁也は気がつかないふりをしてあくまでもにこやかだが、初衣は内心ひやひやしていた。

暁也の投げた爆弾は思ったよりも破壊力が大きい。

あの屋敷の話はここまで地元の人を固まらせてしまうの？　やっぱりホテルは無理なんじゃないの？

暁也は自分のグラスを持つと、赤い顔の男のグラスにカチンとあわせ、一気にそれをあおった。男もつられたようにグラスに口をつける。

「で、どうなんでしょう？　あそこの謂《い》われについては少し聞いたんですが……幽霊屋敷ってことについてなにかご存知ですか？」

「いやあ、それはさあ……」

客たちは視線を逸らし、そわそわと落ち着かない様子になった。

「地元の方にとってはどうなんです、あの屋敷は。ない方がいいんですが、あった方がいいんですか？」

「そりゃあ昔からあるもんだし……なんだい、あそこ取り壊されるのかね」

「いえ、まだそこまでは。買い取ってホテルにしようという話もでてるんですが」

「ホテルねえ」

女将が大きな皿に刺身の盛り合わせを盛って出てきた。

「どうなのかしら。アタシが子供の頃はあの家に近づいちゃだめ、って言われてたけど」

「最後の持ち主の藤崎さん一家は普通の人のようでしたけどね」

「そりゃ普通の家よ。あたし、あそこの家の子と同じ学校だったもん、クラスは違うけど」

「え、そうなんですか」

暁也は女将にもビールを向けた。

「だけど最後はあんまり普通じゃないようなことになっちゃって」

「無理心中を起こしたんでしたっけ」

「そう。よくご存知ね……かわいそうだったわ、なんて言ったっけ、あの子……」

「あそこをホテルになんかしたら、それこそ幽霊が出てくるんじゃないのかね」

客たちも少しずつ口が回ってくるようになった。すかさず暁也がビールを注ぎに回る。

初衣は女将にビールと熱燗の追加を頼んだ。

「昔、あそこで人魂見たっていう話もあったなあ」

「そもそもそういう幽霊話っていうのは、初代の殿様が奥さんを殺してしまったからなんですよね?」

暁也の言葉に赤ら顔の男が手を振った。

「いやあ、そうじゃねえよ」

「え?」

「あそこにでる幽霊は、藤崎の殿様に殺された土地の女って話だ」

「奥さんじゃなく?」

「藤崎の殿さんはかなりの色好みで、気に入った女を屋敷に閉じこめて飽きたら捨てたって言われてた」

なあ、と男は仲間たちを振り向いた。

「そりゃひどいですね」

「殺してたって話じゃなかったか？」

「さらってなぶって殺して」

別な男が歌うように続ける。

「閉じこめていた女たちを、女房を殺すついでに皆殺しにしたとか」

「昔話だけど」

「最後に殿さんが頭がおかしくなって崖から飛び降りたんだが、引き上げられた死体には、それまでに殺した女がずっしりとぶら下がっていた、って俺のばあちゃんが言ってた」

「そりゃあ、幽霊もわんさといそうだ」

刺身はあらかた地元の客たちがたいらげてくれた。初衣は途中から話が怖くなって、魚の骨と格闘するふりをして、なるべく聞かないようにしていた。

暁也はうまく彼らの話をリードして屋敷にまつわる不穏な噂の採収を続けていた。

店から出ると外はもう真っ暗だ。街灯が少ないのだ。湿気を帯びた風が髪をあおる。水の匂いが強くして、雨が降りそうだ。暁也は店で教えてもらったタクシー会社に電話して車を呼んだ。

「初衣ちゃん、タクシーがくる前に会社に連絡して」

「なにを？」

「野口さんのこと」

「あ、そうか」

この時間では営業ももう終了している。初衣は所長の個人番号にかけた。

〝やあ、どう？　調子は〟

スマホからは所長ののんきな声が流れてくる。初衣は耳にスマホを押し当てて、藤崎屋敷のぶっそうな噂を報告した。

〝ふうん、そんな怖い話が流れているの？〟

「ホテルとしてはどうなんでしょうね」

〝でも建物は使えそうなんでしょ、お風呂も温泉だし〟

「お風呂の方はこれから調べますが」

〝まあオーベルジュなんてのはそこだけが目的地だから地元とのふれあいはあまりないと思うんだけど。とりあえずはそこが使えるかどうかだけ調べてくれればいいから。最終的な判断は上がするしね。それより、仲良くやってるの?〟

「――管理人の野口さんのことについて調べておいてください」

〝穂高くーん……〟

最後の質問には答えず電話を切った。


屋敷に到着する頃には雨が降り始めた。野口が、彼女にしては急ぎ足で傘を持って入り口まで来てくれたが、けっこう濡れてしまった。

「おや、大変でしたねえ」

リビングでくつろいでいた堺氏が濡れ鼠《ねずみ》のような初衣たちを見て、気の毒そうに笑った。

部屋の大きな暖炉に火が入り、アンティーク調の部屋の中を暖めている。その前に敷かれたラグマットは凝った織りで、年代による色あせはあるが、そのくすんだ感じが部屋にあっていた。

「いいですね、暖炉。暖まります」

暁也が火のそばに立ってごしごしと頭を拭き始める。初衣も一緒に炎に手を伸ばした。

「うん、いいでしょう。私がここを買ったのもこの暖炉が気に入ってね。昔からの夢だったんですよ、暖炉のあるお城のような家」

「堺さんは取り壊したくないようですね」

「うん、そうですねえ……」

堺氏はちらっと妻を見やった。夫人はそっぽを向いている。

「確かに別荘にしては維持費がかかりすぎますからね。だからホテルにして好きな時に泊まれるようになれば、とそちらにお話を持っていったんですが」

「これだけ贅沢な造りの屋敷は今はもう少ないですよ。僕はヨーロッパも行きましたが、石造りの家は古さも価値になりますし」

「まあそうなんですけどねえ……」

堺はひそりとため息をついた。応えるように暖炉の中で薪が弾ける。

ボーンと背後で大きな音がした。振り向くと立派な柱時計が十時を指している。

「ずいぶん大きな時計ねえ」

初衣は感心して見上げた。これなら子山羊が七匹くらいは隠れることができるだろう。

「グランド・ファーザー・クロック……」

暁也が呟いた。

「おじいさんの古時計ね」

「大正時代のものらしいですよ」

堺も椅子から立ち上がり、時計の前に立った。

「中の機械は〝アンソニヤ式〟というらしいんです。一回巻けばこれで五日は動いている」

「ふりこにも彫り物がしてありますね。上部の飾りも。ガラス戸の彫りもとてもきれいだ」

暁也の指が優雅なカーブを描く彫りをなぞった。その指の動きがセクシーで、初衣は落ち着かなくなる。

「振り子時計というとこんな話はご存知ですか？」

堺が後ろ手を組んで言った。

「ヨーロッパの古い家で、やはりこんな立派な柱時計が代々受け継がれて――しかしある時一族に不幸があり、娘を一人だけ残してみんな死んでしまった」

コチン、コチンと時計の振り子が振れる音が響く。

「娘は嘆き悲しんでいたけれど、しばらくして姿が見えなくなった。そして誰もいなくなった屋敷に泥棒が忍び込み、柱時計を盗み出した。でも時計は動かない。泥棒が時計のゼンマイを巻こうと文字盤にある穴にねじを差し込むんですが、なにかが詰まっているようで入らない……」

初衣はなんだかいやな予感がしてそっと時計から離れた。

「泥棒は文字盤の穴に指をつっこんで、詰まっているものを取り出そうとした。そうするとその穴からぞろり、と髪の毛が這い出てきて……」

堺は初衣にニヤリと笑ってみせた。

「たちまち泥棒を絞め殺したそうです。その後時計は解体され、中はただの機械だったんですが、燃やされた時には少女の悲鳴が聞こえたそうですよ」

「怪談ですね」

暁也が楽しそうに言う。

「古いものに思いが宿るという考えは好きです」

堺は愛おし気に時計を見つめた。初衣は寒けを感じて両腕を抱いた。暖炉の火はいかにも暖かそうなのに、部屋の中は寒くはないか？

「初衣ちゃん、風呂に入っておいでよ」

「それがいいですよ、風邪をひいてしまう」

暁也と堺氏が振り向いて言った。パチパチと燃える暖炉の炎が二人の影をゆらゆらと壁に映す。

伸びたり縮んだりするそれは、奇妙な動物の姿にも見えた。

風呂はさほど大きくなかったが、ギリシャのパルテノンのような柱が立ち、床はマーブル模様の大理石で豪華な印象だ。カランは新しいものが三つあった。

お湯はなみなみと入り浴槽からあふれている。温泉を引いていると言っていたが、もったいないほどだ。注水口は浴槽の中にあるらしく、湯の表面がゆらゆらと照明の光を反射していた。

お湯を背にかけていると、照明がジジ……と音を立て、光度が落ちた。見上げると三つのランプをもつシャンデリアのひとつが切れていた。

（いやだなあ……）

初衣は眉を寄せてその明かりを見上げた。さっきリビングで聞いた怖い話が頭の中によみがえる。

ガラガラと浴室の擦りガラスが開く。タオルを前にあてた堺夫人だ。

「失礼しますよ」

「あ、どうぞどうぞ。ご遠慮なく」

初衣はほっとして笑顔を向けた。誰か一緒だと心強い。

夫人は初衣の隣に腰を下ろすと、蛇口をひねってお湯を出した。小柄だが肉付きがよく、薄暗い照明の下でも肌の白さがわかった。

初衣が浴槽に入ると、夫人も入ってきた。

「ああ……いいお湯ね」

「そうですね。やっぱり取り壊してしまうのはもったいなくないですか」

「でもねえ、こちらにもいろいろ事情があってねえ」

はあっと夫人は重い息を吐き出した。

「あなたたち、外でもいろいろ調べたんでしょう？　どうなの、この屋敷の噂って」

「ええまあ……」

初衣はちょっと口ごもった。彼女自身、この屋敷の美しさが気に入っていたため、よくない噂を増やすことはためらわれた。

「どうなの？　教えなさいよ」

「幽霊が出る、というふうに周りでは言われていますね」

「女の幽霊ね」

「初代の方が評判のよろしくない方だったようで」

「なんだか嫉妬深い人だったんでしょう？」

堺夫人はこういう話が好きそうだ。初衣の方に顔を寄せて囁いた。

「自分は愛人をたくさん囲って、なのに奥さんの浮気を許せずに――」

「首を――」

初衣が言いかけた時不意にガタガタと窓が鳴った。二人がびくっと振り向いたのと同時に、天井の明かりが消える。

「きゃ……」

だが、明かりはすぐにチカチカと瞬いて、復活した。だが、さっきよりさらに薄暗い。

「なんだったの……」

「明かりのこと野口さんに言った方がいいですね」

初衣は湯から手を出した。なんだか指に絡むものがある。よく見ると細い髪だ。それを摘んで捨てようとした時――

「ひ、……！」

ごぼごぼごぼ、と湯の中に大量の髪が湧いて出た。注水口から出てきた――？

「きゃあああっ！」

「ひええええっ！」

初衣と夫人は文字通り飛び上がって浴槽から出た。パンッと音を立てて最後の明かりが消え、浴室は再び真っ暗になる。

「きゃあっ！」

我先にと浴室を出て、脱衣所にあったバスタオルを手に廊下に飛び出す。廊下の電気もチカチカと不規則に瞬き、二人の影が壁に大きく小さく現れた。

「誰か――！」

叫びながら廊下を走っていくと暁也が角から顔を出した。

「初衣ちゃん？」

「暁也！」

初衣は暁也の胸に飛び込んだ。

「助けて、お風呂に、髪、髪が——」

「ちょっとちょっと、ねえ、これは嬉しいけど落ち着いて」

暁也の言葉に初衣ははっと自分の姿を思い出した。

「いやああっ！」

叫びながら思い切り暁也の頬を打つ。

「うおっ！」

暁也はのけぞり、初衣はあわててバスタオルで身体を包んだ。

「助けて助けて！」

今度は夫人が素っ裸で暁也にしがみつく。

「ど、どうしたんです、とりあえずタオルを——」

暁也は夫人がもってきていたタオルをその身体にかけてやった。

「髪よ、髪がお風呂に」

「なにかあったんですか——」

背後から野口が静かに歩いてきた。

「の、野口さん、お風呂に髪が」

「……お風呂に髪が落ちているのはよくあることです」

「そうじゃなくて、湯船の中に、たくさん！」

「どういうことです？」

野口は暁也と一緒に廊下を戻り、浴室へ消えた。初衣と夫人は二人して抱き合ってその背中を見送った。

しばらくして野口たちが戻ってきた。

「なにもなかったよ？」

暁也があっけらかんとした口調で言う。初衣は目を剝いた。

「うそ！　湯船に髪の毛が浮いてたでしょう⁉」

「そりゃあお風呂を使ったら髪の毛くらい浮くだろう」

「そういうレベルじゃないんだってば。浴槽全体を埋めるくらいだった！」

暁也と野口は顔を見合わせた。

「そういうものはありませんでしたよ」

今度は初衣と夫人が互いの顔を見つめる番だ。

「そんな――」

二人はうなずきあうと、身体を寄せ合って浴室へ向かった。脱衣所を通り、恐る恐る浴室の中を覗き込む。石作りの浴槽は先程と同じように滔々と湯をたたえ、そして髪などどこにもない。

「そんな……確かにさっき……」

初衣は手のひらを見た。長い髪が一本まとわりついているが、それが先程の髪なのか自分のものなのかはわからない。

「なにか見間違いされたんではないですか」

野口が冷ややかな声で言った。

「それとも幽霊でもご覧になりました？」

その言葉に初衣は背中に冷水をかけられたように震えた。

「まさか」

堺夫人もぶるぶると首を振っている。

「もう一度お風呂に入られたら？　お風邪をお召しになりますよ」

「い、いいえっ、けっこうです！」

初衣と夫人は飛び上がって答えた。


「ほんっとに髪の毛が浮かんできたの！」

風呂からあがってきてベッドでくつろいでいる暁也に、初衣は拳を握ってわめいた。

「でもそれは君と堺さんの奥さんだけが見たんだろ」

きっと今頃堺夫妻も、同じ会話を繰り広げているだろう。

「ほんとに……ほんとに……」

初衣の声が小さくなる。

「ほんとに……幽霊だったら……」

拳を口元にあてうつむく初衣を、暁也はしばらくじっと見つめていたが、やがて立ち上がるとその肩を抱いた。

「……なにするの」

「いや、その……こうしてたら少しは落ち着くかな、と」

「……」

温かな暁也の胸に頬を押し当てていると、本当に呼吸が楽になった。なんだか安心できる。頼りがいのある広い胸。

「もう休んだ方がいいよ」

暁也は初衣をベッドへ連れてゆき、腰を下ろさせた。

「僕がいるから、怖い思いはさせないよ。だから安心しておやすみ」

そう言って初衣だけをベッドへ横たえようとする。初衣はあわてて暁也の腕を摑んだ。

「あなたはどうするの」

「ん？　言ったろ、僕はカウチに」

「ば…っか！」

初衣はぐいっと暁也の腕をひっぱった。

「一緒にいてくれなきゃ、どうやって私を守るのよ」

「え……それって」

初衣は真っ赤になったが、それを隠すように暁也の手の上に顔を伏せた。

「私、幽霊とか全然ダメなのよ！　怖い思いはもういやなの！」

「初衣ちゃん……」

暁也の声が頭から降ってくる。初衣は顔を伏せていたから彼がどんな顔をしているのかわからない。しかし。

そっと背中に優しい重みが乗った。

「初衣ちゃん。僕は紳士じゃないから、君に触れてなにもしないなんてできないよ」

「………」

「顔を見せて。初衣ちゃん」

肩が押されて初衣は柔らかくベッドの上に反転させられた。薄目を開けると暁也の真剣な顔がある。

「初衣ちゃん、僕は――」

「なにも、言わないで」

初衣は手をあげて暁也の唇に触れた。

「あなたがなにか言うと私は恥ずかしくてきっとまた殴っちゃうわ。だからもうなにも……言わないで」

「――」

初衣の指の下で暁也の唇が動いた。それからその手をとられ、指先に、手の甲に口づけられる。

暁也の片手が初衣の頬に降りてきた。そっと抱かれて唇をなぞられ、初衣は目を閉じた。

「――」

優しくて、熱くて、しっとりした……。

暁也の唇が重ねられる。

そして舌先が滑り込んだ。最初は遠慮がちに、徐々に大胆に。初衣の口の中をあますところなく味わうように大きく動き、そして絡んできた。

「ン……ぅ、う……んっ、……っ」

くちゅ、ぴちゃ、と舌を絡める音が頭蓋の中で響く。暁也の熱い舌は、最初はつるつると、しだいにぬめりを帯び、舌も歯肉も上顎も、触れられないところはなかった。

互いの舌が与えあうぬるぬるとした感触に体中がざわついてくる。絶えず滴り落ちる甘い唾液が全身に毒のように回ってしみこんでいくようだ。そしてそこから官能の網を広げてゆく。

「うふ……ぅ、――ん、ん」

何度も角度を変え、暁也はしつようにキスを繰り返した。まるで初衣をすべてなめとるように、舌で初衣の形を溶かしてしまうように。

「んん……っ、ふあ――」

ようやく息を許され、初衣は喘《あえ》いだ。その自分の声の甘さに全身が熱くなる。恥ずかしくて横を向くと、その首筋に暁也の唇が降りてきた。

「ん、」

キスでとろかされた身体はその優しい感触にも感じてしまう。初衣は自分の細胞が快感に尖って、ほんの少し触れられただけで、息を吹きかけられただけでびくびくと震えているように思えた。

耳の下からすうっと鎖骨まで、そしてその下の膨らみに暁也の高い鼻梁《びりょう》が下りた。触れられて、初衣はびくっと身体を跳ねさせた。しかし暁也はもう「いやか」とは聞かなかった。暁也の手は初衣が家から持ってきたパジャマのボタンを魔法のように外してしまった。

(ああ……電気を消しておけばよかった)

初衣は頭の隅でそんなことを思った。暁也に全部見られてしまう。よかった、新しい下着を持ってきていて。グリーンの、繊細なレースのついたかわいい下着だから。

　暁也の指がブラのホックに触れ、なんなく外す。慣れた仕草に一瞬複雑な気持ちになったが、しめつけられていた感触がなくなった瞬間、それは消え去った。

（――）

　初衣はさらにぎゅっと目を閉じた。今、見られているのだと思うと逃げ去りたいくらいに恥ずかしい。

「――初衣ちゃん」

　暁也が名を呼んだ。

（ばかっ！　呼ばないでよ！）

　初衣は胸の中でののしった。

「初衣ちゃん……目を開けてよ。そんな、殺されそうなしかめっつらするの、やめてくれ」

　暁也の穏やかな声に初衣は思わず目を開けた。優しい瞳が目の前にあった。

「僕がずっとそばにいる。君を抱いてるのは僕だ。だから安心して。怖いことはない」

　暁也は何度も初衣の頬を撫でた。

「今日はもう、君がいやだって言っても止めたりしない。僕を全部知ってもらう――きっと君が思っているより、僕は君を好きだよ」

「だから……そういう恥ずかしいことを……」

唇がもう一度塞がれた。同時に暁也の手が初衣の胸の丸みに触れる。

「んっ――んん……」

初衣は息を飲んだ。暁也の手のひらに触れられたとたん、体中に甘い疼《うず》きが走った。暁也は手をすぼめ、指先で初衣の胸の上の固くなっている実を摘んだ。唇へのキスから顔を移動させ、反対側の胸の実を口に含む。

「あ…っ？　ぅん……」

きゅうっと小さな痛みが背中を浮かせる。

やわやわと甘噛みされ、指でいじられて、全身がじぃんと痺れてくる。触れ合っている腰の部分の一点が熱い。痛いほどに熱くてそこが溶けていきそうだ。

暁也の片手が腰に下がった。下着に指をかけられ、初衣は思わず彼の頭に手を置いた。

「……やめないよ」

暁也が唇をつけたまま囁く。

「君が欲しいから」

下着が太股の上を滑った時、初衣は大きく息をついた。暁也は全部くれると言った。だから私も全部、暁也に。

ああ、でもやっぱり電気は消しておけばよかった――。

暁也の指が初衣の足の間に触れる。そこを軽く開かれたとたん、熱いものが伝った。

「初衣ちゃん……」

暁也の声に隠しきれない喜びが混じる。初衣は恥ずかしかったがもう顔を隠すには暁也にしがみつくしかなかった。

暁也の指が初衣の熱く、深いそこに押し当てられ、ぬるり、と奥に入った。

暁也の、指。

カードを操るあの細く長いきれいな指。爪の形も覚えている、あの指が。

自分のそこがどこまでも深く、熱く蕩《とろ》けているようだった。もっと奥へ、もっと奥へと彼を誘うようにほぐれてゆく。

「あ、あき、……や……っ」

指がほんの少し動くたびに、ずきんずきんと鼓動のようにそこが疼く。

「初衣、ちゃん……すごく、熱いね」

「いや……っ」

「痛くはないよね。すごくあふれてくる……」

暁也の言葉に羞恥を刺激され、初衣は思わず足を閉じた。だが、それは逆に暁也の指を強く感じてしまうことにしかならない。

「んんっ、あう——」

ぬるぬるした指が初衣の入り口のあたりを何度も擦りあげる。感じやすい突起、敏感な内部、あふれる蜜……快感がどんどんたまっていって体中が破裂しそうだ。

「ああ、あん、あぅ……ふっ」

あげた声が自分のものとは思えないほどいやらしく、初衣は耐えられなくて両手で顔を隠した。と、その腕を、思いがけず強く握られた。

「だめだ――」

シーツの上に手を押しつけられ、正面から暁也の瞳が見つめてくる。

「僕を、見て」

「あ……」

くちゅくちゅとますます水音が大きくなる。この音を、暁也の顔を見ながら聞かされるなんて。

「いや……おねがい……」

恥ずかしい、と首を振る。だが、暁也は親指と中指でそこを広げ、さらに深く入り込みかき回した。

「あっ、あっ……」

「初衣ちゃん――」

暁也の声が低く掠れた。その熱いため息にも似た呼び声に、初衣の全身が感じて大きく震える。

濡れた指が初衣の太股を伝い、開いてゆく。足の間に初めて知る熱いものが触れた。

「わ、わたし――」

心臓の鼓動が早くて息が苦しい。怖くはなかった。快感が膨らみすぎてもう体中苦しい。針で刺されたら弾ける水風船のように、暁也で止《とど》めを刺されたい。

「ずっと、――君とこうしたかった」

「あ、あきや……」

唇が塞がれる。強く、吸われた時――。

暁也が熱く入ってきた。

「……っ――っ」

「初衣……っ」

痛みは一瞬だった。快感と期待でずくずくに溶かされた身体は暁也を待っていた。

突き上げられた時、弓なりになった身体はそのまま力強く暁也に抱きしめられた。

「あ、あああ……っ」

初衣も暁也の背中に腕を回し、しがみつく。互いの身体がぴったりと重なった。

「初衣……初衣ちゃん……」

暁也の熱い息が初衣の耳にかかる。切なく、甘く、狂おしく、暁也は初衣を呼び続けた。

応えたかったけれど無理だった。開いた唇からは与えられた快感に呼応する音しかでなかったから。

「あう……っ、あっ、あん……っ、あ、」

目が眩んだ。

頭の中が真っ白で、今は感じることしかできない。

強くきつく抱きしめられて、でも足りない、もっともっと抱いてほしい。暁也の全部を受け止めたい。

暁也が一度身体を引き、再び突き上げる。最初はゆっくり、やがて早く、心臓の鼓動にあわせるように、体を溶かしてしまうように。

激しい水音も、肌を打つ音ももう聞こえなかった。初衣の熱くなった耳は暁也が自分を呼ぶ声しか聞こえない。

「あ、暁也……あき、や……っ、あ、ぁああ」

「く……」

火のような熱い息。まじりあう汗。つながっているところから湧き起こる快感。快感が重なり、上書きされ、もうすぐそこに決壊がくる。

「あ、ああっ、あき……っ、あ、んんん――！」

「初衣……ッ」

熱く、弾けた――。

あったかい……。

初衣はふわふわとした温かな雲に包まれているような気分だった。

体中が柔らかくなっているみたい……。

宙に浮いて、夢見てるよう……。

「……」

唇になにか触れた。初衣はそれを無意識にくわえる。

優しくて、気持ちいいそれは初衣の唇を撫でてゆく。

「ふふ」

笑ったのは自分の声だ。初衣はその声で目を覚ました。

「おはよう」

目の前に暁也の顔がある。

「……？」

まだ夢を見てるのかしら。

暁也は初衣の唇を撫でていた指で、鼻の頭にも触れてきた。

「大丈夫？」

「あ……」

声を上げると喉に違和感。そのざらついた感覚が初衣をはっきりと目覚めさせた。

「きゃあっ！」

思わず両手で突き飛ばすと、暁也の身体が勢いよくベッドから転がり落ちた。

「な、な、なんで⁉」

「なんではないだろう？　ひどいよ初衣ちゃん」

暁也が床から情けない顔で見上げる。

「昨日のこと、忘れたわけじゃないよね」

「――！」

かあっと全身が熱くなった。

もちろん覚えている。昨日、暁也と――。

「で、で、でも……っ」

あんな間近に暁也のきれいな顔があって、正気でいろという方が無理だ。

「あ、わた、わたし、シャワーを」

初衣は毛布をかぶったまま起き上がろうとして、はっとして動きを止めた。

昨日、あんなに激しく愛し合ってそのまま意識を失うように眠ってしまった身体、さぞ汚れているかと思ったのになんだかさっぱりしている。ほのかにフローラルな香りも……。

晩也を見るとにこにこと見上げてくる。

「うん、あの、一応身体を拭いておいたよ。昨日はずいぶんべたべたにしちゃ……ふごっ！」

「やめて！　言ったらぶつから！」

「殴ってから言うなよ……」

顔に枕の直撃を受けた暁也はぬおおおっと腹筋を使って身体を起こした。

「だっていやかと思って」

「いやに決まってるよ！　でもあなたがそういうことする方がいやなの！」

「えー、でもぉ……」

暁也がにやける。

「初衣ちゃんの身体すごくきれいで――うわ、待った！　花瓶はやばいって！」

「うるさいっ！　さっさと出てって！」

初衣はベッドサイドに置いてあった重そうな花瓶を、バスケで鍛えた腕で持ち上げた。

「ちょ、初衣ちゃ……」

「出てけーっ！」

「はあああああ……」

暁也を追い出したあと、初衣はベッドの上でため息をついた。

頬に手をやると火傷しそうなくらい熱くなっている。

昨日のことは細かくは思い出せない。思い出そうとするといろんなことが一度に押し寄せてくる。あの感触や快感、感情、暁也の声、手触り、熱、汗、匂い、唇、舌、痛み、腕、胸、中に入ってく……る……。

「……っ」

ぞくぞくと背を昇ってくる快感に初衣は腕を抱いて背をのけぞらせた。

「やだもう……いったいどんな顔して暁也にあえばいいのよ……」

顔を見るたびに花瓶を振りあげるわけにもいかないだろう。

「暁也のばか……、あんなこと言うから……」

私たちの間のもめごとは、いつだって暁也のあの余計な一言なのよ。口は災いの元ってことわざを、あいつの顔に貼っておけないかしら。

ガタガタッと窓がなった。はっと顔をあげると、まだカーテンは閉まったままだ。夜中なのかと部屋の時計を見たが、針は八時を指している。

朝だというのにカーテンを閉め切っているから部屋の中が薄暗い。

初衣はベッドから足をおろすと、起き上がろうとした。と、腰に重い痛みが走る。

それがなにに起因しているのか、思い当たってまた顔を赤らめる。のどが痛いのも同じ理由だ。

枕もとのガウンを羽織ってカーテンを開けてみると、外はまるで夕方のように暗い。激しい雨と風が窓ガラスを震わせていた。

「うそ……」

庭木が生き物のようにうごめいている。この雨風に今まで気づかなかったとは、熟睡していたにもほどがある。

また窓枠が大きな音をたてた。

初衣はびくっと体を震わせ、窓から離れた。

「か、帰れるのかな」

朝食の時間に食堂に集まると、ご飯に魚の干物、味噌汁に漬け物という簡素な食卓だった。だが、干物が絶妙においしく、男性陣はご飯を三度もお代わりした。

「今日はどうしますか」

暁也が堺氏に聞く。初衣は暁也をまともに見られないのに、彼の方はいつも通りなのが憎らしい。

窓の外はまだ大荒れだった。テレビの情報によると、東京へ向かう路線は土砂崩れでふさがり帰ることができないことがわかっている。

「夕方から落ち着くというし、しばらく待つしかないだろうね」

「すぐに帰りたいわ」

堺夫人はうつむいて言った。

「なんだか怖い夢を見たらしくてね」

堺氏が苦笑する。

「昨日からびくびくして。そんなに怖がりだったかね」

「誰かさんが幽霊がどうのこうのって言うからよ」

夫人は野口を睨んだが、彼女はしらんふりで食器を片づけている。

「あなたは怖い夢とか、大丈夫だったの？」

夫人に言われて初衣は首をかしげた。

「ええ、私は昨日は——」

言いかけてまた体が熱くなる。昨日は夢も見ずに眠った。その原因に思い当たりぶるぶると首を振る。

「はは、まあ夢なんか見る暇はないよねえ、若い人は」

堺氏がにやにやしながら言う。初衣はますます身を縮こまらせた。

食事のあとも暁也と一緒にいると落ち着かず、初衣は一人で図書室に向かった。図書室の本は洋書が多かったが、美術書も多いので文字が読めなくても楽しめた。

雨が打ちつける窓際に椅子を置き、膝に本を載せて美しいカラーのページをめくる。金色にデコレートされた男女が抱き合っている絵。男に抱かれた女がうっとりと、まるで世界に二人きりしかいないように、満ち足りた顔で頬を寄せ合っている。

「初衣ちゃん」

柔らかく呼びかけられ、初衣ははっと顔を上げた。暁也が書棚にもたれかかっている。

「あ、暁也……」

思わず腰を浮かしかけた彼女に、暁也はそのまま、と言うように手のひらを向けた。

「ねえ、僕、昨日は本当に嬉しかったんだよ、幸せで幸せで、眠るのがもったいなかった。ずっと君の顔を見ていたかった」

「やめてよ……」

「君は――昨日のことを後悔してるのか?」

「……ただ恥ずかしいだけ」

「ほんとにそれだけ?」

初衣はため息をついた。

「それだけだと思っていたんだけど――でも多分、私は自信がないのね」

「自信？」

「私なんかでいいのかなって」

暁也は画集を持っていた初衣の手を取った。

「私はこんなだし、ただの不動産屋のＯＬだし、実家だってちっちゃな電気屋で、」

「君じゃなきゃいやだ」

暁也は初衣の言葉をさえぎった。

「僕はずっと君が好きだった。黙って君に近づいてからも、つきあったあとだってそれは変わらなかった。君が僕を好きだと言ってくれなきゃ、自信を持てないのは僕の方だ」

「暁也……」

暁也は初衣の膝から画集を取り上げ、それを床に置いた。そして初衣の手を握ると椅子から立たせる。

「僕を好きだと言ってくれ、初衣……」

初衣、と、昨日何度も呼ばれた。抱きしめられて熱く優しく囁かれた。

「私、きっと何度も自信をなくしちゃう……」

初衣は暁也を見上げて言った。

「めんどくさいよ、いいの？」

「いいよ、そのたびに君がもうやめてって泣くまで愛してるって言うから」

初衣は暁也の肩に額をつけた。

「好きよ」

「……」

暁也がぎゅっと初衣を抱きしめる。

「やばい」

「え？」

「ここで君を抱きたくなった」

「え？　え？」

「だめだ、初衣、君がかわいすぎる。初衣って呼んでいいよね」

「そ、それはいいけど、ちょっと待って」

暁也がぐいぐいと体を押しつけてくる。初衣は押されるままに書架に背中をぶつけた。

「ここでってなに考えているのよ！」

「君のこと」

「こんなとこでできるわけないじゃない！」

「その気になればどこだって」

暁也の手が初衣の腰に触れ、もぞもぞと動き始めた。

「ま、待って！　やだ、だめだってば！」

「だめじゃないよ、黙って」

暁也はまだなにか叫ぼうとした初衣の唇を塞いだ。抵抗する腕を書架に押しつけて膝を初衣の足の間に入れる。

「初衣……いい匂い……」

首筋に鼻を寄せられ強く吸われる。ぞくっと足から股間にかけて甘い痺れが走った。

「だめ……だめよ……」

「我慢できない――」

くらっと初衣の理性が揺らぐ。暁也の熱い声は初衣の体に魔法をかける。

「あ、アキ、ヤ……」

体から力が抜けかけた時――。

バサッと書棚から本が落ちた。そしてその隙間から誰かの目が覗いている！

「きゃあっ！」

初衣は思い切り暁也を突き飛ばした。

「うわあっ！」

暁也の体が書棚にぶつかる。初衣はダッシュで本が落ちた書棚の裏に回った。

「誰っ⁉」

しかしそこには。

誰もいなかった。

——そして、遠くで誰かの悲鳴が聞こえた。


初衣と暁也が二階へ駆け上がると、堺夫妻の部屋のドアが開いていた。かなきり声はそこから聞こえる。

「どうしたんですか⁉」

部屋に飛び込むと堺夫人が床の上に座り込み悲鳴を上げている。堺氏が必死になだめているが、止みそうもなかった。

「ど、どうしたんです」

「いや、それが……家内が幽霊を見たと」

「ええっ？」

夫人の悲鳴がぴたっと止んだ。彼女は恐ろしい目つきで初衣たちを見上げ、ぜいぜいと息を切らした。

「ほ、ほんとに見たのよ、廊下のはしを白いものがすうっと——」

ガタガタと震え、青ざめている。初衣は今し方自分が見たもののことを思い出した。

「わ、私も実は――」

「見たの⁉　見たのね‼」

　夫人は摑みかかるような勢いで初衣に迫った。幽霊より怖い。

「で、でも気のせいだったのかも」

「いるのよ！　絶対この屋敷には――いるのよ！」

　堺氏が夫人を背後から引き剝がしてくれた。

「落ち着いて。怖がるとなんでも見間違えるもんだよ」

「ほんとに見たのよおおおっ！」

　夫人のかなきり声に、どうしようと初衣は暁也を見た。暁也は腕を組み黙り込んでいたが、初衣の視線に小さくうなずいた。

「それじゃあ、奥さん。僕が確かめてみましょう、幽霊がいるかどうか」

　堺夫妻がぎょっとした顔で暁也を見る。

「実は僕の本職は占い師なんです」

「う、占い師？　不動産屋じゃないのか？」

　堺氏が初衣を振り返った。

「彼女はちゃんとしたベータホームズ不動産の社員です。僕はこんな時のために呼ばれていまして」

あ、またいい加減なことを、と初衣は心の中で毒づいた。こんな時ってなによ。「本職は占い師なんですが、降霊術も心得ています。本当に霊がいるのなら、呼び出して説教して叩き出します」

「ちょっと！」

初衣は仰天して思わず暁也の腕をひっぱった。

「なに幽霊に喧嘩売る気になっているのよ！」

「僕はね、初衣。怒ってるんだよ」

「はあ？」

暁也は凄味のある微笑を浮かべた。

「さっきいいところで邪魔してくれやがったからね。お礼はさせてもらう……」


用意をするから三十分後にリビングに来てくれと言われ、初衣が夫妻と一緒に一階に下りると、大時計のあるリビングは、恐ろしげな様子に変わっていた。

カーテンはすべて閉められ、まるで夜のように暗い。真ん中に丸いテーブルが置かれ、蠟燭《ろうそく》が燭台《しょくだい》に一本だけつけられていた。弱々しい明かりがゆらゆらと周りの壁にあやしげな模様を描く。

テーブルには暁也と野口がすでに座っている。野口は相変わらず表情がなく、まるで彼女自身が幽霊のようだった。

「どうぞ、席についてください」

なんでこんなことになったのかしら。

初衣は椅子に座ることをためらった。堺夫妻も顔を見合わせている。

幽霊や怪談のたぐいは大嫌いだ。誰が好きこのんで幽霊を呼び出したりしたいだろう。なのにあっという間にことが進んで、今ではこの席について降霊術を行うのが当然みたいになっている。

これもすべて暁也の強引さと彼の持つ雰囲気のせいだ。暁也は人を従わせてしまうところがある。それが彼の生まれ持っての資質なのか、努力で得た力なのかはわからないけれど。

「初衣は僕の隣に、その隣は奥さん、次に堺さん、野口さんとお座りください」

「降霊術なんて……その、本気なのか？」

堺氏が困惑した様子で暁也を見る。それに暁也は落ち着いた様子でうなずいた。

「僕は占いの勉強のためにヨーロッパ各地を回りました。向こうでは降霊術はさほど特殊なことではないんです」

暁也は堺夫人に視線を向けた。

「僕は奥さんを信じます。霊の正体を明らかにすることが、あなたを守ることになります」

「で、でも」

夫人はおびえた様子で夫と暁也を交互に見た。

「ほ、ほんとにでてきたらどうするの」

「もちろん僕が追い払います、だから安心してください」

「で、でも」

「はじめます」

暁也がぴしゃりと言った。夫人は一瞬腰を浮かしかけ、やがて力が抜けたように座った。

「両隣の人の手を握ってください」

暁也の声に、初衣は左手で暁也の右手を、右手で堺夫人の左手を握った。暁也の左手は野口に握られている。

「蠟燭の炎だけを見ていてください。暗がりや、なにもない場所は見ないように」

暁也はそう言うとすっと背筋を伸ばした。

「この屋敷にとどまる霊よ――呼びかけに応えてください」

あの、声だ。

初衣はびくりと肩を震わせた。

暁也が占いをはじめる時、その場を神秘の闇にする声。人の心を摑み、迷いを誘導する不思議な力のある声――。

蠟燭一本だけの光がゆらゆらとテーブルの上を照らす。あまりにも弱々しいその明かりは、テーブルに乗せられた五人の手とわずかに胸が見えるだけだ。顔はぼんやりとしかわからない。

「屋敷の内に巣くうものよ――闇に、影に、隙間にとどまるものよ……」

初衣はちらっと暁也の背後のカーテンを見た。今、すそが揺れなかったか？

（気のせいだ……暗いところを見ちゃだめ。蠟燭を、明かりを見ていなきゃ）

「呼びかけに応えてください……」
カ、カーテンが波うっているのもどこからか入ってくる風のせいよ！
パチン！　と場違いなほどはっきりした音がすぐ間近で聞こえた。堺夫人が「ひっ」と
喉の奥で声を上げる。

「――あなたはこの家に棲《す》むものですか」

暁也は落ち着いた声で言った。そのとたん、テーブルがドンッ！　と下から突き上げら
れるような音を立てた。

「あ、暁也……！」

掠れた声で呼ぶ初衣に暁也は黙ってうなずいた。

「あなたはなぜ我々を脅かすのですか」

今度は答えがない。

「なにか言いたいことがありますか」

パチン！　小さく弾ける音。

「言いたいのは誰にですか」

そのとたん、堺夫人の椅子がガタンと引かれた。夫人は「ぎゃあっ！」と悲鳴を上げ、テーブルにしがみつく。

「いやあっ！　もういやっ！　やめて！」

「なにを言いたい！　望みはなんだ！」

暁也が立ち上がって怒鳴った時、窓ガラスが激しい音を立てて割れた。雨と風がいっせいに入ってくる。蠟燭の炎が吹き消され、部屋の中はパニックになった。

〝屋敷ヲ取リ壊セバ殺ス……〟

奇妙にくぐもった声が部屋の中に響いた。

〝殺ス　殺ス……〟

「奥さん！」

暁也が床に倒れた堺夫人を抱き起こした。

「屋敷は壊さないと言いなさい！　でないと」

「こ、壊さない！　壊さないわっ！　だから助けて!!」

「約束ですよ――聞いた通りだ！　いますぐ去れ！」

暁也が叫んだと同時に、部屋の明かりがついた。野口がドアのそばの電気のスイッチを入れたのだ。

初衣は床に座り込んだ状態で周りを見た。割れた窓から雨風がはいり、絨毯《じゅうたん》がびしょ濡れになっている。テーブルも椅子もすべてひっくり返っていた。

「暁也――」

堺夫人を抱いたままの暁也に呼びかけると、こんな場面なのに暁也は振り返り、ニヤリと笑う。

「堺さん、奥さんをお部屋に連れて行って落ち着かせてあげてください」

「あ、ああ、わかった」

堺氏は妻を立たせるとその身体を抱えるようにして部屋から出て行った。夫人は泣きじゃくりふらふらした足どりで夫にもたれかかっている。かなりのショックを受けたようだ。

「――窓ガラスはもったいなかったですね。早く片づけないと絨毯も痛んでしまう」

暁也は立ち上がり、野口に向き合った。野口はうなずくとすぐに部屋を出て行った。掃除の道具を取りに行ったのだろう。

「暁也……」

「ごめんね、初衣、怖がらせて」

「ちょ、ちょっと待って。怖がらせてって……え？　今の、幽霊じゃ……ないの？」

暁也は笑って床の上から紐を拾い上げた。それは堺夫人が座っていた椅子の脚に結びつけられている。絨毯の色に紛れるような暗褐色の紐だ。

「これで奥さんの椅子をひっぱったんだ」

「だって、手は？　暁也は私と野口さんと手を握って……」

それに暁也はポケットから白い手袋を出す。

「野口さんに握ってもらっていた方の手はこれだよ。指先だけ覗かせておけばわからないだろ」

「──」

初衣はあんまり驚いて呼吸が浅くなった。

「じゃあ、あの音も──」

初衣の言葉に暁也が指をパチンと鳴らしてみせた。

「テーブルの音は下から拳でね」

「窓は⁉　窓ガラスはどうやって割ったの？」

「窓は火薬を使った。テレビのリモコンと受信装置を改造して、好きなタイミングで発火させたんだ。ちなみにさっきの声はスマホのアプリでボイスチェンジャーみたいなのをダウンロードして作ったんだ」

「ど……！」

初衣は暁也に飛びついてその首を締め上げた。

「どういうこと──────！！！」


夕方になって風や雨が弱くなり、堺夫妻はタクシーを呼んだ。夫人は病人のように青ざめ、タクシーが到着したとたん、玄関から飛び出した。

堺氏は出て行く時初衣たちに、「ここはホテルにすることでお願いしますよ」と言い残し、妻のあとを追った。

初衣と暁也と野口は玄関ホールで二人を見送った。

「説明してください」

初衣は暁也と野口を睨んで言った。

「あとでちゃんと説明してくれるって言ったよね。堺さんたちは帰ったから、私に納得できるように説明して！」

「わかった、わかった」

暁也は苦笑して初衣に向かって両手をあげた。

「じゃあ食堂に行こう」


食堂につくと、野口が初衣に頭を下げた。

「今回のことはわたくしが樋口さんに頼んだことなんです。樋口さんの責任ではありません、すみませんでした」

「野口さん……？」

暁也は食堂の椅子に座った。

「最初に初衣ちゃんたちがお風呂で怖い目にあった時、僕と野口さんが風呂場に見に行っただろ？」

「ええ」

「あの時確かに浴槽にはなにもなかった。でも僕は脱衣所のゴミ箱に新聞紙が丸めて捨てられていたのを見たんだよ」

「新聞紙？」

「お客さんのために浴槽にお湯を入れたのに、脱衣所のゴミ箱にそんな大きなゴミを残しておくのは変だろう？　あとでもう一度確認に行ったら、その新聞紙の中から大量の髪の毛のようなものが出てきた。実際は藻だったんだけど」

「藻……」

「このあたりでとれるものです」

野口が申し訳なさそうに頭を下げた。

「注水口からそれを流して初衣ちゃんたちが飛び出したあと、新聞紙でお湯の表面のそれを一気にすくい上げる。あとから片づけるつもりだったんですよね」

「はい……。片づけようと風呂場に行ったところを樋口さんに見つかりました」

「どうしてそんなことを」

言いながらも初衣はなんとなく理由はわかっていた。

「堺夫人を驚かして、屋敷を取り壊す話を中止にするつもりだったんですよね」

暁也の言葉に野口はうなずいた。

「今日も、堺さんに白い布を見せて怖がらせたりしました」

「……図書室の本を崩したり……」

初衣の呟きに野口はきょとんとした顔をした。

「図書室、ですか？」

「あ、いいえ、なんでもありません、なにも言わないで！」

あれが野口じゃないと言われたらそっちの方が怖い。

「まあたまたま夫人が怖い夢を見たって言うんでだめ押ししようと思ってね。降霊術なんて仕掛けてみたんだ。野口さんが手伝ってくれたから三十分で準備できたよ」

「でもどうして……」

初衣の疑問に暁也は野口を優しい目で見つめた。

「野口さんは、この屋敷の正当な後継者、藤崎家の一人娘だからだよ」

「ええっ⁉」

悲鳴じみた初衣の言葉に、野口は首に巻いていたスカーフをほどいた。白く長い首に、くっきりと赤黒い傷がある。

「――これは父がわたしを殺そうとしてつけたものです。事業がうまくいかなくなって、一緒に死のうとしたんですが……父はわたしのことは思い切れなかったんです。わたしは一命を取り止め、施設に預けられました。やがて大人になって結婚もしたんですが、夫に死に別れて……。生まれ故郷に帰って来たらこの屋敷の管理人を募集していたんです。……わたしは、家に戻ってきたんです」

「そう、だったんですか……」

「樋口さんに髪の毛のことを問い詰められ……助けてほしいとお願いしました。この屋敷を守ってほしいと……」

野口は初衣に頭を下げた。

「怖がらせてしまったことは謝ります。どうか、この屋敷をホテルにしてください。そしてずっとこのままにしておいてください、わたしにはもうこの屋敷しかないんです……！」

涙にくぐもった野口の言葉に、初衣は彼女の孤独を思った。たった一人きりになった彼女には、両親の思い出の残るこの屋敷がどれほど大事なものだろう。

「もう顔をあげてください、野口さん」

「……穂高さん」

初衣は安心させるように笑いかけた。

「とりあえず会社にはホテルやオーベルジュにはかなり向いているって報告はしておきます。それに、持ち主の堺さんはホテルにしてくれって希望を変更されたことだし、きっとその方向で話を進められると思います」

「あ、ありがとうございます……っ！」


夕方には雨が止み、初衣と暁也はタクシーで首切り屋敷をあとにした。野口が門扉の前に立ち、長い間頭を下げていた。

「でも暁也……」

「なに？」

タクシーの後部座席で手を振っていた初衣は、野口の姿が見えなくなって、ようやく隣に座る暁也を見上げた。

「私には言ってくれてもよかったんじゃないの？　幽霊の仕業じゃないって。ちゃんと種も仕掛けもあるって」

「えぇー、だって」

　暁也は両手を頭の後ろにやってうん、と背伸びした。

「言っちゃったら初衣は怖がらなくなるじゃないか」

「は？」

「怖がらないと一緒に寝てくれないんじゃないかと思って。僕たちが初めて結ばれたのって幽霊のおかげ……ぐあっ！」

　初衣の拳が暁也の腹にめり込んでいる。

「あんたは～～っ、私が怖いの苦手なこと知っててそれを利用したってわけねえええええっ」

「い、いたい痛いっ、初衣、止めて、鳩尾《みぞおち》をぐりぐりしないで」

「わ、わ、わ、私がどれだけ怖かったか」

「だ、大丈夫っ、僕が守るから！」

　暁也はがばっと初衣を抱きしめた。

「どんな怖いことからも、僕が君を守るから。だから初衣、ごめんな、機嫌直して」

「……もうっ！」

　初衣は暁也を押し返した。だが暁也は初衣の身体から手を離さなかった。笑いを含んだ暁也の目に見つめられ、初衣も仕方なく笑った。

「帰ったらワイン、ご馳走《ちそう》してもらうからね」

「うん、おいしいイタリアン食べに行こう」

「デザートもつけてね」

「うん」

「そしたら部屋まで送ってね」

「……うん」

暁也が嬉しそうに笑って初衣の頬にすばやくキスをした。

ACT5　ドラマチックな物件

初衣はもぞもぞと毛布の下から這いだした。首を上げて本棚の上を見たが、目当てのものは見つからない。

「……ねえ」

「……ん？」

背中を柔らかな感触が通り過ぎてゆく。初衣はびくん、と首をすくめ、それから手を伸ばしてその感触を追い払おうとした。

「なに？　もっとしたい？」

その指先を握って暁也が口づける。

「違うって……っ、あの、時計どうしたの？　いつもあそこにあったじゃない」

「んー？　知らないよ」

「……もうっ！」

毛布から出ようとすると長い腕が腰に巻き付く。

「もう少しいいじゃないか」

「明日も仕事なの、遅刻できないの」

「君は仕事と僕とどっちが」

「仕事」

かぶせて言うと腕が力なく離れた。

「昨日はあんなに激しく応えて……」

「やだ、もう二時すぎてるじゃない！」

スマホを取り上げて時間を確認した初衣は、急いで床に散らばっている下着を拾い集めた。

「今日は帰るね、おやすみなさい」

「ここから出社したっていいじゃないか」

暁也が名残惜しげに初衣の手を掴む。

「服も化粧道具も自分の部屋だもん、それにちゃんと寝たいし」

「一緒に住む物件、ちゃんと探してるの？」

「探してるよ。でもなかなか折り合いがつかなくて」

初衣は暁也の手を外し、柔らかに波打つ髪をそっと撫でた。

「おやすみなさい、暁也」

「おやすみ、初衣」

軽く唇をあわせて立ち上がった初衣を見送り、暁也はベッドの下から薄い壁掛け時計を取り出した。

「ちぇ……、隠してもだめか」

暁也と初衣が体を重ねるようになって一ヶ月。

ほぼ毎日のようにどちらかの部屋で抱き合ってはいるが、初衣が暁也の元に朝までいるのは金曜の夜だけだ。

土曜日は「日曜はすることがたくさんあるから」という初衣の主張でお泊まりはなし。

つまり。

「一緒に朝を迎えた日なんてまだ三回だぞ」

暁也は初衣に投げつけられたクッションを抱え込んで、呟いた。


翌日、事務所であくびを連発している初衣のデスクに、所長がバインダーを五つも重ねて置いた。

「なんなんですか」

「資料だよ、軽井沢の別荘の」

「は？」

「前に言っておいただろ、軽井沢のＳ物件、やっぱりうちで扱うことになったから」

Ｓ物件というのは地方の不動産物件のことだ。

「それは——聞いてましたけど、私がやるんですか？」

「うん、今週中に行ってきてよ。一泊とは言わず二泊くらい」

初衣は疑わしげな目で所長を見上げた。所長は顔の前でパタパタと手を振った。

「今回は一人で」

「一人で、ですか」

「クリスマスシーズンなのにごめんね。あ、寂しかったら樋口さんを誘えば？」

じろりと見上げるとうふふ〜と笑いながら逃げる。今回は暁也の陰謀が関わっているわけではなさそうだ。

「今週、か」

軽井沢に出張と言えば暁也はついてきたがるだろう。なんと言ってもクリスマスシーズン。あのイベント好きな暁也がこんな機会をほうっておくわけがない。

なんと言って止めればいい？　そして私は暁也がそう言い出したらきっと押し切られる。

半分迷惑に、半分期待して、初衣は資料をめくった。全部で五件の物件だ。どれも美しい建物で、こういうところで暁也と二人で過ごせたなら、とうっとりする。

と、デスクの上のスマホが鳴った。表示を見ると——噂をすればなんとやら、暁也だ。

メールのアイコンが点滅している。

なんとなく周囲を見回してスマホを取り、デスクの下で開いて画面を見ると――。

〝件名　しばらく留守にします　本文　今週いっぱい仕事が入って戻れなくなりました〟

そっけない一行だけのメールだ。

「ええ？」

思わず声に出してしまう。

ついさっきまでどうやって暁也をかわそうかと思っていたのに、これでは肩すかし、いや、なんだか裏切られたような思いさえする。

暁也がいないなんて……。

朝も夜も、ときには昼間の仕事中にだって顔を見せて話しかけて触れてきたのに。

初衣は何度もスマホをタップしてメールを読んだ。しかしメールの文章が変わるわけではない。

(暁也がいない、なんて)

あれだけ人に干渉しておいて、自分のときは行き先も告げないで急にいなくなるなんて。

(ひどい！)

初衣はスマホを握りしめた。

「所長！」

立ち上がって叫ぶ。所長が椅子の上でびくっと飛び上がった。

「明日、行きます、軽井沢。行ってきます！」

「え、ええ？　そう？　そんなに急がなくてもいいんだよ」

「いえ」

初衣は、はあっと息を吐き出した。

「行きたいんです……」

暁也のいない部屋には帰りたくなかった。


翌日、初衣は軽井沢の駅に降り立っていた。真冬の軽井沢の空気は、吸い込んだ肺の中を刺すほどに冷たい。

しかし駅前には大きなクリスマスツリーが飾られ、観光客も大勢いて賑《にぎ》わっていた。

特に南口のアウトレットモールは、一瞬自分のいる場所がどこかわからなくなるほどに華やかで、混雑している。

周囲の樹木には電飾が巻かれ、夜になったらさぞ美しいイルミネーションを見せてくれるのだろうと思わせる。

五十%オフ、八十%オフの値札にも強く心は動かされるが、今は仕事優先だ。モールにはあとでゆっくりくればいい。

初衣は踏み出しかけたつま先を逆方向へ向けた。

別荘地は主に軽井沢駅の北の方に多い。

大体が三井や東急などという大手の会社が管理しているが、地元の不動産会社で扱っているものも多い。

初衣が勤めるベータホームズ不動産はそうした地元の不動産会社とパイプを持ち、東京の客を紹介するシステムをとっていた。

しかし、実際案内する側としてはきちんと物件を見ておかなければならない。初衣もこれまで何度か軽井沢には足を運んでいた。

駅前からタクシーを頼み、別荘地に向かう。現場には地元の不動産会社の営業が待っているはずだった。


「写真で見るよりは傷んでいる物件が多いですね」

最後の五軒目を見たあと、初衣は営業担当の笠井《かさい》にそう言った。

「そうですね。やはり昨今の不況のせいか、なかなか売れないんですよ、別荘とはいえ、家屋というのは人が住まないとすぐに傷んでしまう」

　ぐるぐる巻きにしたマフラーの下で、地元・軽井沢の不動産会社から来ている笠井が、もごもごと弁解する。

「なのに大手さんが新しい別荘をどんどん建ててしまって……ちょいとリフォームさえすればこの物件なんかずいぶんいい出ものなんですけど」

　灰色の木立に囲まれた青い二階建ての別荘は、二階に大きく取った窓から明るい日差しが入り、広いウッドデッキも魅力的だ。一階の寝室部分やキッチンに傷みはあるが――。

「確かにこの値段ならお買い得かもしれないですね」

「でしょう？　なんとかアピールしてください」

　初衣はウッドデッキに出て外を眺めた。夏になれば木々が緑の葉をつけ、渡る風がさぞ気持ちいいだろう。

　ふと、隣に暁也がいたら…と想像をする。風に柔らかな髪をなびかせてほほえむ彼は、私を片手で抱き寄せて、頬に触れてキスを――。

「じゃなくて！」

　バン！　と手すりを叩く。

　笠井がぴょんと二〇センチほど飛び上がった。

「ど、ど、どうしたんですか、穂高さん」

「……失礼しました」

初衣は髪をかきあげてにっこりする。

「なんでもありません」

「はあ……」

笠井の不審な目を無視して二、三度大きく深呼吸。

(ああ、だめだ、ばかだ、ばかになってる)

初衣は唇をかみしめ自分を叱咤《しった》した。

(いい機会じゃない、暁也がいないっていうなら、この際、このきれいな空気で体も頭もリフレッシュ。アウトレットモールで買い物しまくってやるんだから!)

初衣は笠井を追い立てるようにして別荘から出た。午後の日差しはやや翳《かげ》り、冷たい風が裸の木の枝を震わせていた。


笠井と、一緒に別荘地の入り口まできたとき、『徐行』と書いてあるにも関わらず一台の車がものすごいスピードで走ってきた。

「危ない!」

笠井が初衣の手を引いてくれなければ、どうなっていたかわからない。

「なんなの、あんなスピードで」

車は少し先で停まり、中から男が三人降りてきた。大中小と背丈が並んで、しかも似たようなスーツ姿なので、初衣は背広を着たマトリョーシカを思い浮かべた。

「あ、あいつら……」

笠井が眉をしかめた。

「岩井組の連中だ」

「岩井組……？」

初衣はもう一度振り返って背広のマトリョーシカを見つめた。彼らは今一軒の、ひときわ豪華な別荘の前で直立不動の体勢をとっている。

「建設業者ですよ」

笠井は肩をすくめる。

「昭和の頃はダム建設とかやっててけっこう羽振りのいい会社だったんですが、社長が代替わりしてからいろんなものに手を出して。複合企業と言えば聞こえはいいですがね」

笠井の言い方には好意は感じられなかった。不動産業と建設業は親戚関係のようなところがあるのに。

三人組が立っている別荘の扉があいて、年配の男が出てきた。横に若い女がくっついている。親子ほどの年齢差だけでなく、どこかしら不釣り合いなカップルだ。

「あら……」

初衣は目を細めた。

「あの男の人、どこかで見たような」

「え？　お知り合いで？」

「いえ、そうじゃなくて」

入り口の階段を下りてきた男がこちらを向き、初衣と笠井に気づいた。同時に三人のマトリョーシカが振り向き、いっせいに初衣たちに向かって犬を追い払うように手を振る。

「なによ、失礼ね」

初衣はむっとしたが、笠井が「行きましょう」と彼女をうながした。

「関わらない方がいいですよ、今の岩井組はちょっとやばい」

「不愉快ですね」

「複合企業とおっしゃってましたね」

笠井は停めていた車のドアを開け、初衣を乗せた。

「寄せ集めってことです。噂じゃ産業廃棄物の不法投棄の会社を取りまとめてるとか、不法労働者の受け入れとか、まあヤクザみたいなもんですよ。最近はヤクザも会社をやりますが、あそこは会社がヤクザをやってるってね」

初衣は驚いて助手席で振り返った。不自然なカップルはマトリョーシカにかしずかれながら車に乗りこもうとしている。

「でもそんなところが何故軽井沢に」

「実は先の話ですがこっち側も南口のように商業施設をつくるって計画があるんです。それであの連中が最近町をうろうろしてるんですよ」

「え？」

「国が金を出す都市開発ってやつですよ、それを狙ってきてるんです。まあ、どこの建設会社もそれは引き受けたいでしょうが、万が一岩井組になったらその金の半分は行方不明になるに決まってます」

笠井は冷ややかな口調で続けた。

「まさかそんな会社を使わないでしょう？　国だって」

「どうですかね。行方不明になった金の何割かは代議士さんたちの懐に流れるんじゃないですか」

笠井は半笑いで結論づけた。

急に車内の温度が冷え込んだような気がした。窓から外を見ると、西の方がいきなり暗くなっている。

たそがれも寄せ付けないほど急いで夜がやってきているのだ。

アウトレットモールは夕方になってもまだ賑やかだ。イルミネーションに灯りが入り、白や青や金色の光が心を浮き立たせる。あちこちにサンタの扮装《ふんそう》をしたスタッフが立ち、チラシやティッシュ、中にはノベルティを渡しているものもいる。

初衣は店を見て回り、服を体に当ててみたり、小物を手に取ってみたり、ブーツを並べてみたりしたが、まだ財布は開かなかった。

ウエストコートから広大な庭をつっきってイーストコートのモールに移動する。するとと、通路の一部になにかを囲んで人だかりができていた。

集まっているのはほぼ女性で、その輪は時折「きゃーっ」という歓声があがっては大きくなったり小さくなったりしている。

歓声につられるようにして通りすがりの女性たちがその輪に入る。初衣も気になって背後から覗き込んでみた。こんなとき、元バスケ部の高身長が役に立つ。

「え――」

私の妄想ってここまでキてたの？　暁也に会いたいって思いすぎ？

「ア、アキ……」

そうじゃない。女の子たちの中心にいるのは確かに暁也だ。小さな丸いテーブルに座ってタロットカードを広げている。

「――だから、彼がそんなことを言ったのは君の気を引くために決まってるさ。君のそのスピカのように輝く瞳、強い磁力を秘めた瞳に、とらえられない男なんかいない」

きゃあっとまた女性たちが沸く。言われた少女は頰を真っ赤に染めながらも、それこそ自分が磁力に囚われたかのように、暁也から目を離せないでいる。

「さあ、他にも彼の気持ちを知りたい人はいる？　今ならたったの五百円で君たちの不安を取り除いてあげるよ」

暁也はテーブルの上のタロットカードをくるりと回してまとめると、手の中に花のように咲かせてみせた。それから腕の上に流してまた逆に立ち上げ、ピンと一枚放って両手で分けたカードの真ん中に挟んでみせる。

まるで奇術師のようなパフォーマンスに女性たちが歓声を上げる。楽しそうに周りを見回していた暁也はある一点に目をとめ、最大級の笑みを浮かべた。

「やあ、初衣！　奇遇だねえ」


「奇遇、ですって⁉」

大股に歩く初衣の後ろを暁也がのんびりとついてくる。

「奇遇以外のなんて言うんだい？　たまたま二人とも仕事が軽井沢だったなんて」

「たまたまあ？」

初衣は立ち止まるとくるりと暁也を振り向いた。

「まったく業界の違う二人が東京から遠く離れた場所で出会う偶然って、どんな確率よ」

「それはとてもロマンチックな確率だね」

暁也はうっとりとした顔で初衣の両手をすくいあげた。

「まさにクリスマスの奇跡」

「わかった、それがやりたくてわざわざ仕込んだんでしょ」

初衣はがっくりと肩を落とした。

「待ってくれよ、軽井沢で仕事があったのは本当だって。ただ時間を調整しただけで」

「そんなことのために急に姿を消すなんて……」

うつむいて呟いた初衣の顔を暁也が覗き込んでくる。

「あ、ひょっとして寂しかった？」

「！　この……っ！」

初衣は手を振り払い、暁也の両頬をぎゅっと摘んだ。

「人を試すようなことをして！」

「いひゃい、いひゃい、ういちゃんっ！　ごめんて！」

軽快なジングルベルの歌にあわせて暁也の情けない悲鳴がモールに響いた。

暁也は初衣をフレンチレストランでのディナーに誘った。格式のあるグラン・メゾンだ。

そんなところで食事するような服は持っていないと尻込みすると、「じゃあ服を買おう」とアウトレットモールの中の高級ブランドショップに入る。

「そんなお金ないよ！」

いくらセールと言ったってケタが違う。

「大丈夫、株主優待券がある」

暁也がさらっと言うので驚いた。

「このブランドの株主⁉」

「僕じゃなくて僕の客。占いの報酬とは別に優待券を利用していいって言われていたんだ」

「い、いいよ、人のお金で服を買ってもらうなんて」

「クリスマスなんだから」

暁也はきれいな顔を初衣に近づけ、唇が触れ合うくらいのところで囁いた。

「このくらいのわがままは聞いてよ。僕の好きな服を着てほしいんだ」

「……っ、わ、わかったよ、わかったから離れて！」

ぐいぐいと顔を両手で押しやると、手のひらにちゅっとキスをされる。

ガラス張りの美しい店内に入るとマネキンのように細くて美しい店員たちが、水の中を漂う熱帯魚のように近寄ってきた。

「彼女にディナー用のドレスを」

暁也が宣言するように言うと、あっという間にたくさんのドレスが初衣の前に差し出される。

当惑して見上げる初衣に軽くうなずき、暁也は二着のドレスを選んだ。

「これとこれ、着てみて。どっちがいいか見るから」

「う、……」

渡されたのは今までまったく縁のなかった真っ赤なドレスと、深いグリーンのドレス。

「あ、あの、私の意見は——」

「悩んでいたらディナーに間に合わないからね。ほら、さっさと試着!」

パンッとお尻を叩かれ初衣は小さな悲鳴を上げてフィッティングルームに飛び込んだ。

それを見送って暁也が店員たちに何事かの指示をすると、彼女たちはまた魚のように散っていった。

「あ、暁也ッ、これ、すごい背中が開いてるって!」

フィッティングルームの中で初衣が叫ぶ。

「じゃあブラは外した方がいいね」

「なに言ってんの、そんなことできるわけ……」

「初衣の胸はブラしなくてもきれいだよ」

「ちょっ……、こ、これ無理、派手すぎる……っ！」

「初衣は目鼻立ちがはっきりしているからそれくらいでも全然……」

初衣の叫び声を無視して、暁也は彼女の赤と緑のドレス姿を堪能した。

「うん、赤い方は華やかだけど緑の方が君の肌をきれいに見せるかな。身体の線もはっきりしてストイックな感じなのにセクシーだ。緑にしよう」

初衣が覚悟を決め緑のドレスを着てフィッティングルームから出てくると、暁也はすっかりスーツに着替えていた。

ミッドナイトブルーのスーツにドレスシャツ。平均的な日本人男性なら逃げ出すような気障《きざ》な一揃えを平気な顔で着こなしている。初衣は自分のドレスも忘れて暁也に見とれた。

「すごい、暁也、……似合ってる」

「初衣もきれいだよ」

緑のドレスを着た初衣の前に、黒いスウェードのヒールと、薄くて暖かな毛皮のショールがうやうやしく差し出される。

「お顔立ちが華やかですからお似合いですわ」

「お背丈もおありなので、ドレスがとても映えますわ」

店員たちがほめてくれるが、初衣は羽衣がひっかけられた松の木程度の心持ちしかしない。そのままポスターにして飾りたいくらいの暁也に比べ、自分は道化にしか見えないのではないだろうか。

「こ、こんなドレス、私にはもったいない……」

「なに言ってるんだよ、よく見てごらん」

暁也は初衣の顔をぐっと鏡の前に向けさせた。

「君が今まで隠してた魅力が九十九パーセントも引き出されている。あとの一パーセントはそのバッグだ。頼むからビジネスバッグはかんべんしてくれ」

そう言うと靴とお揃いのスウェードの薔薇の花のようなバッグを持たせた。

「うん、これで一〇〇パーセント、いや、一二〇パーセントだ。すごくきれいだよ、初衣」

暁也は初衣の両手を取り、正面から見つめた。

「僕と一緒にディナーに行ってくれるね」


店を出てからタクシーに乗るまでの間、つまりモールを暁也と二人で歩いている間中、初衣は自分が下手なコスプレをしているような気分だった。

ただでさえ目立つ暁也はこれでもかと言わんばかりのかっこよさだ。その隣に立つ自分

は……店員たちがドレスに合わせてメイクや髪型に手を加えてくれたとはいえ、とても不釣り合いではないだろうか。

「初衣、うつむいてないで顔をあげなよ」

「もう恥ずかしくって……っ」

「今の君にうつむく姿は似合ってない。逆におかしいよ。顔をあげて堂々としてた方がかえって目立たない」

そ、そういうもの……？

初衣は暁也を見上げた。気づいた暁也は穏やかな視線を向ける。

気負ったふうでもないし、かっこつけているわけでもない。彼の柔らかな髪の向こうにイルミネーションが透けて見えて、なんだか夢の中のようだ。

夢だと思えばいいんだ。

クリスマスの奇跡だって暁也も言ったじゃない。

「そうね、思い切って楽しむことにする」

暁也は満足げに笑うと初衣が手をかけていた自分の腕を、きゅっと胴に引き寄せた。

暁也が初衣をつれていったレストランは、モールからタクシーで五分ほど走った場所にあった。

まるで西洋の貴族の屋敷のようだ、と初衣は思った。

入り口から回廊がつながり、噴水のある庭を通る。ドアを開けて中に入ると高い吹き抜けの天井から豪華なシャンデリアが下がっていた。

十分な広さがとられたテーブルでは着飾った人々が静かに談笑し、ワイングラスや銀のカトラリーがまぶしく輝いている。

毛皮のストールをメートルに預け、二人は案内された席に座った。

「すてきー」

初衣は大きな一枚ガラスの向こうに広がる、ライトアップされた噴水を見つめた。

「昼間の風情もいいけど、クリスマスには夜景だよね」

暁也は給仕にてきぱきと注文し、やがて二人の前にほっそりとしたフルートグラスが置かれた。

金色のシャンパンが静かにそそがれ、グラスの中の真っ赤なフランボワーズがくるくると回る。

「クリスマスに」

暁也がグラスを持ち上げた。初衣も同じように持ち上げ、縁を触れ合わせる。チンと、澄んだガラスの音色。

「留守にするってメールがきたとき――寂しかった」

「ごめん」

「でも、ここで暁也を見つけたときは嬉しかった。あなたはいつもサプライズをくれるんだね。私は……」

初衣はグラスを頼りなげに揺らした。

「なにをあげられるのかな」

「君が僕を好きでいてくれる、それだけでいいんだ」

暁也はグラスを置くと、テーブルの上の初衣の手に触れた。

「だから僕は今幸せだよ」

「私も」

初衣は暁也の指に自分の指を絡めた。

「すごく、幸せ」


食事を終えてホテルに戻ったときには、初衣は心地よく酔っていた。

もともとビジネスホテルを予約していたのだが、暁也と会った時点でキャンセルした。

クラシカルで重厚な雰囲気のホテルは、吹き抜けのロビーに大きなシャンデリアがいくつも下がり、流れるように美しい階段はすべてポインセチアとひいらぎで飾られていた。驚くほど大きなクリスマスツリーには、柔らかな照明がオーナメントをキラキラと輝かせている。周りに集う人々の顔は誰も幸せそうにほほえんでいた。

「お待たせ、行こう」

フロントからキーをもらってきた暁也がソファにぼんやり座っていた初衣に声をかけた。

「ええ」と立ち上がったとき、背後から「失礼」と抑揚のない声がかけられた。

振り向くと男が一人立っていた。この男の顔を、初衣はあとで思い出そうとしてもどうしても思い出せなかった。

中肉中背、地味な灰色のコート、顔もいたって平凡だ。

「樋口先生ではありませんか」

男の目は初衣を素通りして暁也に向いていた。初衣は自分がガラス板にでもなったような気がした。

「ヤマダさん」

暁也がちょっと驚いたような顔をした。

「こんなところでお目にかかるとは」

ヤマダは笑顔を見せていたが、どこか寒々しい感じがする。

「ヤマダさんは、――お仕事で？」

暁也が人の悪そうな笑みを見せる。ヤマダは笑顔を崩さなかった。

「ええ。貧乏ヒマなしで」

「こちらに取引先でも？」

「いやいやまだ仕込み段階です」

意味があるようなないような、曖昧な会話が続く。初衣は居心地悪くなって肩をもぞもぞさせた。

急にロビーがざわついた。原因は玄関から入ってきた男らしい。何人かを周囲に侍《はべ》らせながら大声で話している。

「あら……」

初衣が声を上げたのは、取り囲まれている大声の男より、そのそばについている三人組に見覚えがあったからだ。大中小の背広のマトリョーシカ。

ではあの大声の男は別荘にいた男なのだろうか。こうやって近くで見るとますます見覚えのある顔に思えてくる。絶対どこかで見ている……。

「大山泰三《おおやまたいぞう》だよ、国会議員の」

暁也が言った。あっと初衣は目を見開いた。

そうだ、テレビで見たことがあるのだ。強硬派議員として何度か対談や政治バラエティ番組に出ていたのを目にしたことがある。

もやもやが晴れてすっきりしたが、今度はまた別な不安が湧き起こった。

政治家と建設会社。

脳裏に笠井の言葉がよみがえったからだ。

――行方不明になった金の何割かは代議士さんたちの懐に流れるんじゃないですか。

「……岩井組……と国会議員……」

初衣の呟きにヤマダと暁也が顔を見合わせた。

「お嬢さん、お若いのによくご存知だ」

ヤマダがのっぺりとした笑顔で言った。初衣は手をひらひらと振った。

「いいえ、なにも知らないんです。ただ、昼間に地元の不動産会社の方が教えてくれて」

「岩井組って建設業？」

暁也がロビーで騒いでいる男たちを見ながら聞いた。

「そうらしいわ。なんでも軽井沢の北口にも大規模な商業施設をつくる計画があるとかないとか」

「商業施設……」

暁也はうなずいた。議員からヤマダに視線を戻してニヤリとする。

「なるほど。あれがヤマダさんのお客さんですか」

お客？　初衣は思わずヤマダの顔を見た。国会議員をお客にしてる商売ってなんだろう？　料亭とか？

「いやいやいや」

ヤマダは大仰に身をのけぞらせて首を振る。

「滅多なことはかんべんしてくださいよ、樋口先生……」

ヤマダがチラリと初衣を見た瞬間、ヘビをふんづけたようにぞっとした気分になった。

彼の黒目の小さな目が、人の目ではないような印象を受けたのだ。

「……ではまた。そのうちお世話になりますので」

ヤマダは元通りのにこやかな顔になり、小さく会釈をして二人の前から去った。

「なに、あの人……」

初衣が思わず呟いた。毛皮のストールの下で腕に粟《あわ》が立っている。

「僕のお客だよ」

「占いの？」

「そう。年に二回くらい、お呼びがかかる」

初衣は眉をひそめた。

「あの人が？　暁也を？」

だって高いんでしょ、という顔をした初衣に、暁也は穏やかに言う。

「ヤクザだよ」

その口調とかけ離れた職業名に初衣は一瞬、自分が聞き間違いをしたかと思った。

「え？」

「企業ヤクザってやつさ。大企業にたかって稼いでる」

「あ、あなた、暴力団とも関わりがあるの？」

「今のとこ、ヤマダさん一人だけどね」

暁也はにやりと笑い、話を終わらせた。


ホテルの部屋はセミ・スイートだ。大きな窓ガラスの向こうにモールのイルミネーションが輝いている。

窓から外を眺めるふりをして、初衣はガラスに映っている暁也を見つめていた。

（なんだか私っていつもこんなことしてる気がする）

でもディナースーツの暁也がすてきだから。いつまでもこうして見ていたい。

「初衣」

ガラスの向こうの暁也がおかしそうに言った。

「そろそろ本物の僕の腕の中にきてほしいんだけど」

バレてた！

初衣は窓の前で固まった。その背後に暁也が近づき、両肩に手を置いた。

「初衣」

頬にキスされる。肩から手を滑らせて、胸の前でクロスして抱きしめられた。ガラスに自分と暁也がくっきりと映っている。

「クリスマスシーズンに君とこうしていられるなんて、ついこの間までは思わなかった」

「わ、私だって……」

「僕は信心深くはないけど、運命ってのは信じる方なんだ」

頬から耳に、それから首筋に唇が移動する。その軌跡が熱く疼いた。

「今日は僕、紳士だっただろ？」

「そ、そう、ね」

「でももう限界……」

暁也のクロスした腕、肩に触れていた指が初衣のドレスの肩紐をずらした。そのとたん、薄いドレスはきれいなドレープを描いてふわりと足下まで落ちる。いつの間にか背中のジッパーを外されていたのだ。

「あ、あき……や…っ」

窓ガラスの前で小さな下着一枚だけの姿にされ、初衣はとっさに胸を抱いた。その腕の上から抱きしめられる。

「とってもきれいだ、初衣」

「あ、暁也、いやよ、ベッドに……」

「ここで、」

「いや……っ」

「恥ずかしい？」

「当たり前でしょ！」

「いつもの初衣を壊してみたいんだ」

　暁也の瞳がガラスの中の初衣を見つめる。ぞくりとしたのは寒さのせいではない、恐れでもない。

「わ、私は……」

「君は素直で真面目でまっすぐで……セックスのときも本当に我を忘れることなんてない。とても感じやすいのに、どこかで一線を引いている」

「そ、そんなことない……」

　声が小さくなったのは、自分でもそう思ったことがあるからだ。セックスに溺れることを恐れている。

「僕はありのままの君が見たいんだ」

「私、私は全部見せているよ」

「……じゃあ言い方を変える」

暁也は初衣の手を胸からゆっくりと外した。

「今日は僕の好きなようにさせてくれ」

「いつもは……あなたも抑えていたってこと……？」

「まあ……そうかな」

初衣はガラスに映った自分たちをもう一度見た。暁也の胸の中にすっぽりと収まった自分。白い素肌が輝いている。

「クリスマス、だから……」

初衣は顔を上げ暁也の唇に自分の唇を触れさせた。

「今日はあなたの言うとおりにする……」

しっとりと熱いキスが唇を覆う。

「──乱すよ……」

低い暁也の囁きに初衣の全身が震えた。

「んっ……あ、ぁあ……」

閉じられない口から声がこぼれ続ける。初衣は暁也に背後から抱きしめられたまま、窓辺に立っていた。

　大きな窓ガラスの向こうは明るいモールだ。人の立ち入らないプライベートゾーンとはいえ、どうしても外に向かって裸で抱かれていることを意識せずにはいられない。

「あん……っ、あ、い……」

　暁也の左手が乳房を包み、右手が脚の間に伸びている。挿入されず、ずっとそこを指先でいじられていた。

　柔らかな肉はもう熟れて蜜をしとどに流し、何度もエクスタシーを迎えた体を支える膝は、がくがくと震える。

「あああ……あ、……」

「初衣……気持ちいい？」

「い、いぃ……」

　初衣は答えて頭を振った。精一杯の抵抗だった。

　抱く前に暁也がひとつだけ初衣に約束させたのだ。

　喘ぎ以外の言葉はただひとつ「いい」だけ。

　軽い気持ちで了承したのに、それがこんなにも羞恥をあおり、自由を束縛するなんて、思いもしなかった。

「初衣のここ、とろとろだね……、僕の指がふやけてしまう……」

「……っ、」

「初衣のここ、固くなって――触られるの気持ちいいんだよね」

「……い、い……」

「こっちはもう指が三本も入る……もっと奥までいれていい？」

「いい……」

「気持ちいいだろ？」

「い、……ぃ」

すべてを肯定してすべてを快感の言葉にして。

その言葉がこぼれるたびに熱が上昇していくようだ。

素肌にまとわりつく暁也の腕にただすがり、初衣は喘ぎ続けていた。

いい
良い
好い
悦い――
イイ……ッ

「あっ、あっ、暁也……っ」

初衣はつま先立ち暁也の腕に爪を立てた。何度目かのエクスタシー、また自分だけがこのガラスの空に放り出される。

「初衣……」

暁也が初衣の耳を軽く咬《か》み、腰を押し当てた。そこに当たる熱いものに、初衣は無意識に体をすり寄せていた。

しとどに濡れたそこがまるで捕食するかのように暁也の熱をとらえた。

「あ、あ――！　い、いい……っ！」

暁也が入ってきた。ぐんっと突き上げられ、初衣は思わず両手を前に出し、ガラスに手をついた。

大きくのけぞった初衣の胸を抱いて、暁也がその首を強く吸う。
二、三度こすりあげられただけで、初衣は達してしまった。だが、暁也は許さなかった。
さらに深くえぐられる。

「ああ」

脚がもうもたない。

内側が暁也でいっぱいだ。快感に快感を塗り込められて、意識が飛びそうになる。

「……っ、ふっ」

晩也が放たないまま抜いた。その刺激に初衣がビクビクと震える。カクリと膝から崩れそうになった体を抱き上げ、晩也は初衣をベッドへ運んだ。

「まだだよ、初衣」

ダブルベッドの白いシーツの上に体を沈め、初衣は止まりそうになる呼吸の中から晩也を呼んだ。

「晩也……もう、許して」

「なにを？」

「言葉……もっと、晩也のこと、呼びたい……」

「ずるいなあ、初衣は」

晩也は困った顔で笑った。

「そんなかわいいこと言われたら……許すしかないじゃないか」

晩也は初衣の唇にキスをした。

「いいよ、ごめんね、いじわるを言って」

「――晩也」

初衣は晩也の首に両手を回して抱きしめた。

「好きよ、大好き」

「もっと言って」

「愛してる」

「もっとしたい？」

「……したい」

「たくさん？」

「たくさん……」

「壊してしまうよ？」

「いいの」

初衣は暁也の髪をまさぐり、何度も唇や頬にキスをした。

「もっとして……たくさん愛して……こわして……」

私はもうおかしくなってる。暁也のことしか考えられない。暁也の熱がほしくてたまらない。

「ほんとはいつも……言いたかったの」

「愛してる、初衣」

ついばむような優しいキス。同時に中に硬い重い熱。

「ああ……暁也……」

ずっと奥まで、私の心の内側にまで。

「愛してるよ、世界中で一番——誰よりも」

暁也の言葉が初衣を絡めとり、中を熱く濡らしたとき、初衣は意識を手放した。


ブラウスのボタンを留めてスカートのホックを留めて。

ジャケットを羽織って髪の毛をぱさりと手で払えば、鏡の中にはいつも通りの自分がいる。

ハンガーから昨日着ていたドレスを手に取る。この先もう一度この服を着る機会はあるのだろうか？

丁寧に畳んでブランドの袋の中に靴やバッグやアクセサリーや毛皮のストールと一緒にしまった。

「あ、早いね。もう着替え終わったの？」

シャワールームから暁也が髪を拭きながら出てきた。

「うん」

「僕もすぐ用意するよ」

「ゆっくりでいいよ」

初衣は振り向かず鏡の中の暁也に向かっていった。

裸の暁也のきれいな肩甲骨が上下に動いている。まっすぐな背骨に引き締まった臀部《でんぶ》に長い脚。

手早く服を身につけた暁也がまだ鏡の前にいる初衣を背中から抱いた。

「ずっと見てただろ」

「見てないもん」

「熱い視線を感じた」

「ナルシスト」

唇が頬を滑る。

穏やかで優しい朝だ。何事もなく、順調に帰途につくだけの朝のはずだった。


フロントで暁也が精算をしている間、初衣はロビーのソファに座っていた。ビジネスバッグを床に置き、コートをソファの肘掛けに置いた。

窓の方を見ると何紙か新聞が置いてあったので、立ち上がり、それを手に取った。

景気回復がどうこう、外交問題がどうこう、生活保護問題がどうこう……。

「初衣」

フロントで暁也が手を上げたので、初衣は新聞を元に戻し、ソファに置いてあったバッグとコートを手に取った。

「帰る前に買い物とかするだろ？」

「そうだね、モールじゃない方、北口の方に行きたい」

「了解」

言いながら暁也がさりげなく初衣のビジネスバッグに手を伸ばした。

「いいよ、そっちだって持ってもらってるのに」

暁也はドレスの入った紙袋を指先で持ち上げた。

「これは全然重くないよ。それにこれから先、どうせお土産でかさばってしまうだろ」

あっさりと奪われ初衣はひらひらと手を振る。

「甘やかしすぎじゃない？」

「初衣はもう少し甘え上手になるといいよ」

ホテルの正面玄関からタクシーに乗ったとき、入り口から背広のマトリョーシカ三人組が飛び出してくるのがチラリと見えた。


南口がアウトレットモールで賑わっている一方、北口は軽井沢銀座などがあり、古くから軽井沢観光の拠点だ。

さほど広くはない通りにずらりと店が並んでいる。

アウトレットモールよりのんびりした雰囲気で、初衣はあっちのワゴン、こっちの店先とひらひら覗《のぞ》き回った。

「初衣、僕ちょっと向こうのギャラリー見ておきたいんだけど」

暁也が個人経営らしい小さな店を指さした。

「いいよ、先に行ってて。私、事務所にお土産買ったらそっちに行くね」

「ＯＫ」

「あ、待って。お財布」

初衣は暁也が持っていてくれたビジネスバッグを返してもらった。財布も化粧ポーチも仕事の資料も全部この中に入っている。

胸に抱えてジッパーを開けたとき、初衣は一瞬、中に現れたものがなにか判断できなかった。

「なに、これ」

「どうしたんだ?」

肩越しに声をかけてきた暁也にきっと眉をつりあげてみせる。

「ちょっと、ふざけないでよ」

「え?」

「私相手に手品はしなくてもいいから、中身を返して」

「ええ？」

暁也はわけがわからない、という顔をして初衣のバッグを覗き込んだ。

「なんだ、これ」

暁也も目をぱちくりとさせる。バッグの中には帯でくくられた現金がきちんと詰め込まれていた。

「初衣って金持ち――」

「な、わけないじゃん、暁也でしょう？　こんなふざけた真似」

「僕じゃないよ……初衣も心当たりないのか？」

「――本当に、暁也の仕業じゃないの？」

二人は顔を見合わせた。

「ちょ、ちょ、ちょっとなんなの、これ！　どういうこと⁇」

「初衣、ちょっと」

暁也は人指し指を唇に当て、初衣を店先から移動させた。

「本当に身に覚えはないんだね？」

「ないわ、でもどうして？　どうして中身がお金になってるの？」

言って初衣ははっと手を口に当てた。

「やだ！　じゃあ、私の財布は？　書類は？」

「それよりこの金だよ。現金がこんなに詰まって、しかもむき身なんて……」

暁也はバッグのジッパーを元のように閉めると、ポケットからスマホを取り出した。

「どこに電話するの？」

「こういうやばそうなことの専門家」

「専門家？」

暁也は初衣に背中を向けるとスマホの相手と話し始めた。

「ああ、僕です。ちょっとなんだかおかしなことになってまして――はい、ええ、もしかしたらそちらのお仕事になにか関係あるんじゃないかと。はい――」

暁也は肩越しに振り返って初衣をちらっと見た。

「とりあえずそちらに行きます、はい。はい、わかりました」

暁也がスマホを切るのを待って初衣が身を寄せた。

「ねえ、まさか専門家って、あのヤスダさんとかヤマモトさんとかいう人？」

「当たり、ヤマダさんだけどね」

「だってあの人ヤ……」

「この時期に彼がこの場所にいて、ここに得体のしれない大金がある。関係しててもおかしくない。彼らはいつだってお金のあるところにいるものだからね」

「大金――」

「束は百万、さっきざっと見て包みが十束はあった」

「十って……いっせ……」

初衣は口をぱくぱく開けた。

確かに不動産では四千万円、五千万円の物件を扱うが、それは書類上の数字だ。現金で百万円以上など見たことがない。それが今この手の中に。

「け、警察に行った方が」

初衣の膝が震え出した。

「警察に、落とし物だって届けようよ」

「え？　いやだよ」

暁也はあっさりと初衣の常識的な提案を却下した。

「なんで！」

「だって面倒じゃないか、書類を書いたりするんだろ？　それにこんな異常な落とし物じゃ身元確認だってされる。僕が今まで公共機関で身元を確認されるたびにどんなにいやな思いをしてきたか」

「そ、それはあなたがなんだかあやしげだから」

「親に連絡がいったりするんだよ、それはいやだ。警察には行かない」

暁也は眉間にしわを寄せた。家と暁也の間にどんな確執があるのかは知らないが、そんな好き嫌いを言っている場合ではない。

「こんなやばそうな金、持ち主は出てこない。警察に届けて数ヶ月後に金が僕たちの手に入っても――その金を持ってる僕たちは狙われるだろう」

「そ、そんなことないよ、もしかしたらなにかの取引――仕事上の大事なお金かも」

「現金で取引するか？　普通。小切手だろ」

「現金が必要な困っている会社かも。そうよ、もしかしたら今頃一家心中の相談してる頃かも、このお金なくして！」

「落ち着いて」

「落ち着けないよ、今にもビルから飛び降りるかもしれないし！　ああっ、それとも梁《はり》にロープを！」

笑いながら初衣の肩に手を置いた暁也だったが、その視線が急に離れた。

「――少なくとも一家心中するような人たちじゃなさそうだ」

「え？」

振り向くと、もう何度目の邂逅《かいこう》だろう、大中小の背広のマトリョーシカが呼吸荒く肩を上下させながら立っている。この寒い季節に額に大汗をかいて。

その中の一人が手に下げた黒いビジネスバッグを見て、初衣が叫んだ。

「私のバッグ⁉」

「そ、そのバッグの……」

男の一人がぜえぜえと息を切らしながら初衣の持っている黒いバッグを指さした。

「中を見たのか」

「あ……」

「見てないですよ」

暁也がにこやかに言った。

「全然まったく一ミリも見ていません」

「見たんだな！」

男たちはうなずきあうと、暁也と初衣の腕を取った。

「一緒にきてもらおう」

「ちょ、ちょっと、私のバッグ返してよ！」

「おい、乱暴するなよ」

三人は暁也と初衣を通りから細い路地に引っ張り込み、停めてあった車に押し込んだ。

「なにをするんだ！」

「うるさいっ！　女に怪我をさせたくなければ大人しくしていろ！」

男の一人がポケットからナイフを取り出し、パチンと刃を出した。初衣がのどの奥で悲鳴を上げる。

後部座席に初衣と暁也と中ぐらいのマトリョーシカ、前に大小二人のマトリョーシカを乗せて車が発進する。

「どうするつもりだ」

暁也が押し殺した声で言った。それに初衣の隣に座ってナイフを押しつけている男が答えた。

「お前たちは見なくていいものを見てしまった。このまま返すわけにはいかない」

「大金は見たけどどんな金か知らないし知りたくもない。興味ないんだ、降ろしてくれ」

「自分のバッグがいつの間にか大金の入ったバッグにすり替わっていたなんて、誰かに話したくなるだろう？　今はどんな話もすぐにネットに流れてしまう。そうしたらお前たちは興味がなくても、他に興味があるやつが出てくるんだ」

「だ、誰にもなんにも言いません！　大体どうして私のバッグと間違えたんですか！」

「間違えたのはあんたの方だ」

助手席の男が振り向いて言った。

「ホテルのロビーで、あんたが間違えて俺たちのバッグを持っていったんだ」

「え――」

初衣は記憶を巻き戻した。

ソファに座って、コートとバッグを置いて、新聞を取って、暁也が呼んだからコートとバッグをソファから取って――。

「あ、あのとき⁉」

「あのあと俺たちがバッグを探してどんなに駆けずり回ったことか」

「ご、ごめんなさい……」

思わず身をすくめた初衣の肩を暁也が抱き寄せた。

「謝ることはないさ、大体そんなぶっそうな金を持っている方が悪いんだ」

車はどんどん山の中に入っていく。灰色の木立が増えてゆく景色を初衣は不安げな顔で見送った。

「――僕たちをどうするつもりだ」

「……」

男たちは答えない。

「さっき知り合いに電話をしたんだ。この金のことは僕たち以外も知っているぞ」

「そんなうそにはだまされんさ」

男の一人が答えた。

「お前たちの会話は聞いていた。警察に連絡したくないと言っていたな。どうせこの金をかすめとる気だったんだろう」

暁也は眉をひそめた。

「聞いていたのか」

「ああ、あんたのカノジョが俺たちの行く末を心配してくださって涙が出たよ。あいにく心中するのはお前たちの方だがな」

助手席の男の言葉に初衣の横に座っていた男がひきつけを起こしたように笑った。

「僕たちをどうするつもりだ」

暁也はもう一度言った。

「聞かない方がいいな」

「あの」

初衣は自分にナイフを向けている男の顔を見た。

「バッグを間違えたのは私です！　私がいけなかったの。彼にはなんの責任もありません。お願い、暁也は降ろしてあげて」

「初衣！」

暁也が驚いて叫ぶ。

「なにを言ってるんだ」

「だって、私の間違いなの。暁也は巻き込まれただけじゃない。私のせいであなたを危険な目に遭わせたくない！」

「初衣……」

晩也は初衣の手を握った。

「君はまったく……子供の頃から変わってないね、責任感が強くて優しくて。いつも僕のことを思ってくれて……。だから僕は君が好きなんだ」

「晩也……」

「愛してる、初衣」

「いい加減にしろ、お前ら！」

初衣の隣の男が怒鳴った。

「どういう状況かわかっているのか」

「わかってるさ」

晩也は男を睨み返した。

「死ぬか生きるかって状況だろ。だったら僕は愛に死にたい。今から恋人にキスするから向こうを向いてろ」

「な、なにを」

「ちょ、ちょっと！　人前で！」

思わず晩也の肩を押し返した初衣だったが、強い力で抱きしめられた。

「最後かもしれないんだ、初衣」

「晩也……」

間近に暁也の真剣な顔。初衣は力を抜いた。本当にこれが最後のキス？

「お、おい、お前ら……っ」

横でわめいている男の声も気にならなくなる。初衣は暁也だけを見つめた。

「暁也……」

初衣は目を閉じた。唇に熱い暁也のキス。こんな状態だっていうのに全身が甘く痺れる。

「うわあっ!!」

悲鳴に目を開けると男がいた側のドアが開き、地面に転がり落ちていく脚が見えた。

「お、お前っ！」

暁也は振り向いた助手席の男に摑みかかった。初衣はあっけにとられていたが、すぐに我に返り、自分も運転手の頭を両手で摑んだ。

「車を停めて！　でないと頭を変形させるから！　私、バスケやってたんだからね！」

思い切り両手に力を込めると運転していた男が悲鳴を上げた。車がつんのめるように停まる。

「今だ！　逃げろ!!」

暁也が怒鳴って初衣の身体を押した。初衣はドアを押し開けると転がるようにして外に飛び出した。

「あ、暁也……！」

振り返ると暁也も車から逃げ出したのが見えた。

「走れ、初衣！」

暁也の声に背中を押されて走り出す。

「警察……警察を……っ」

だがスマホの入ったバッグは男たちと一緒に車の中だ。ふもとまで走るしかない。大丈夫、足には自信がある。

背後から聞こえる足音は暁也のものだ、そう信じて振り向かずに走る。

「待て……！」

不意に目の前に血を流している男が立ちふさがった。さっき暁也にドアから突き落とされた男だ。

「どいて！」

初衣は顔の前で腕をクロスさせるとその男の胴体めがけてつっこんだ。

「ぎゃっ！」

男が初衣の全体重を受けてひっくり返る。

「ナイスファイト！　初衣」

背後から声がした。やっぱり暁也がきている。男と一緒に倒れ込んだ初衣が振り向くと、暁也のすぐ後ろにもう一人の男がいた。

「暁也、後ろっ！」

暁也は男のタックルで地面に倒れた。

「やめて！　暁也を離して！」

だが、初衣が飛び掛かる前に男はナイフを出して暁也の首に押し当てた。

「やめて！」

初衣が悲鳴を上げる。

「……ごめん、初衣ちゃん……」

暁也が情けない声を上げた。

「かっこよく君を守りたかったのに……」

「こ、こんなときになに言ってるのよ！」

暁也はへらりと笑った。

「でも安心していいよ、助かりそうだ」

「え？」

声を上げたのは暁也の背中に馬乗りになっている男の方だった。上げたその顔がみるみる蒼白になる。

「な、なんだ、お前たち」

初衣は振り向いた。木々の間から数人の男が近づいてくる。いずれも人相が悪く、普段なら関わりあいたくないような。

「遅くなってすみません、樋口先生」

男たちの背後から穏やかな声がかかった。口調は優しいがいっさい感情のこもらないこの声。高くも低くもなく、細くも太くもない、特徴のない――。

「ヤ、ヤマダ、さん？」

会ったことがあるはずなのに覚えていない顔。

「まったくだ、おかげで冬の軽井沢でマラソンですよ」

ヤマダは暁也の上の男に視線を向けた。

「その人の上から降りてください」

「お、お前らっ、なんだ！　あっちへ行け!!」

男はナイフをヤマダに向けた。ヤマダはポケットに手をつっこんだまま、軽く背をのけぞらせた。

「素人さんがそんなものを振り回しちゃいけませんよ……お友達はもうあたしらの手にありますし」

「なに……っ」

ヤマダが顔をめぐらすと、初衣たちをつかまえていた男たち――助手席と運転席に乗っていた男たちが、人相の悪い男たちに引きずられてきた。その顔が血まみれになっている。

「さあ、大人しくその人を返しなさい」

「だ、だめだ！」

男はわめくとナイフを暁也の首に押し当てた。

「こ、こいつはこのまま生かして返すわけには」

「慣れないことはやめた方がいいですよ」

ヤマダが穏やかに言う。

「人を殺すっていうのは一線を越えることだ。もう元の生活には戻れない。素人さんには耐えられない。いくら会社のためでもね、自分の人生と秤《はかり》にかけるこたあない」

そして彼はポケットから手を出した。

「でもあたしらは玄人ですから」

その手の中のものを見て、初衣は息を飲んだ。黒く鈍く光る銃――。

ドラマや映画の中でしか見ないものが、まるで無造作に鍵でも差し出すように。

「ヤマダさん」

不満気な声を上げたのは暁也の方だった。

「やめてくださいよ、頭から血をかぶるのはイヤですから」

「大丈夫ですよ。この銃は二二口径しかありませんから、弾は体内に止まります」

雨が降っても傘があるから大丈夫ですよ、というくらいの気安さでヤマダが答える。初衣は全身の血が引く思いだった。そしてそれは暁也を押さえている男も同じだったらしい。

カチンと音がしてナイフが地面に落ちた。

ヤマダがあごをわずかに動かすと、人相の悪い男たちが暁也の上から男を引き剝がし、引っ張っていった。

「やだっ！　暁也、手！」

暁也の右の手のひらが切れて、そこから出血している。

「ああ、これか。忘れてた」

「切ったの⁉」

「うん、多分、ナイフを掴んだときだ」

「あ――」

初衣は車の中で自分に押しつけられていたナイフの存在を思い出した。暁也にキスされて忘れてたけど。

「ばっ、ばか！　なんて無茶するの！」

暁也がどうにかしてドアを開けてあの男を突き落とす前に――私を守るためにナイフを掴んだのだ……。

初衣はブラウスの胸元のリボンを引きちぎった。それで暁也の手のひらを包む。

「あなた自分の職業わかってる？　占い師でしょ！　カードを扱うんでしょ！　なのに手

を怪我するなんて、プロのすることじゃない！」

ぼろぼろと涙が出てくる。

「私のために危ないことして……どうしてそんな無茶するの……」

「初衣……」

「暁也の……バカ……」

暁也は手を握って泣いている初衣を抱き寄せた。額をコツンと合わせてくる。

「泣かないで。もう無茶しない。約束する」

「……ばか」

「うん……」

パキリ、とごく近くで音がした。しばらくどこかへ消えてくれていたヤマダが戻ってきたのだ。

「金の正体がわかりましたよ」

ヤマダは相変わらず抑揚のない声で言った。

「先生のお見立て通り、あたしらの仕事に関係している金でした」

「ああ、じゃあやっぱり」

「ええ、国会議員の大山泰三に渡る手筈になっていた金です」

初衣は首を伸ばしてあの三人の男たちを探したが、どこにも見当たらなかった。ヤマダがどうやって彼らから金の正体を聞き出したのか――想像すると怖くもある。

「近々大きな都市開発の計画が発表されるでしょう」

「賄賂、ですか」

「工事を任された企業には大きな金が入ります」

初衣にもなんとなく二人の話はわかった。どこかの企業が自分たちの利権のために政治家にお金を渡そうとしたのだ。そしてヤマダは企業ヤクザ――。

「あの人たちはただのサラリーマン、ヤマダさんの言葉を借りれば素人さんだ。酷いことはせず返してあげてくださいよ」

「樋口先生にこんな怪我をさせたのに？」

ヤマダが暁也の右手をそっと両手で挟んだ。

「ちょっとばかりのお仕置きは許してください」

感情のないヤマダの声に少しだけ熱がこもる。初衣はヤマダの手が気になった。銃を持っていた手で暁也の右手をあんなに優しく触るなんて。

「だめです。なにもせずに返してください。約束ですよ」

暁也が怪我をしている手でヤマダの手を握った。ヤマダの顔に嬉しげな笑みが一瞬だけ浮かんだ。

「わかりました、おっしゃるとおりに」

そのあとは初衣と暁也はヤマダの部下が運転する車で病院に直行した。もちろん初衣のビジネスバッグも、ドレスが入ったブランドバッグも無事だ。金の入ったビジネスバッグはヤマダが持ち去ったらしい。

ナイフの上に手をついた、という下手な説明をした暁也の怪我は、手のひらを九針も縫う大怪我で、しばらくは安静にと言われた。念のため一日だけ入院する。

初衣は暁也につきそうことにして、休暇の申請を事務所に連絡した。旅行先に暁也がいたことに所長は驚いていたから、本当に今回のことには関わっていなかったらしい。

「入院っていっても手のひらだし、大げさだよ」

「熱が出ているくせに強がり言わないの」

初衣は赤い顔をしている暁也の枕もとでリンゴを剝いた。

「うさぎにしてくれよ」

「そんな器用な真似できないっていうの」

初衣は八つ切りにしたリンゴに爪楊枝《つまようじ》を刺して、暁也につきつけた。

「手が使えないから食べさせて」

「左手が使えるでしょ」

「あーん」

しぶしぶ初衣はリンゴを暁也の口元に持っていった。

「んー、初衣にあーんしてもらえるなんて感激だ！」

「自分から口を開けたくせに」

「あーんしてって言って、あーんしてって」

初衣は暁也の口の中に立て続けにリンゴを押し込んだ。

「あ、暁也、見て」

涙目で口を押さえている暁也に初衣が声を上げた。つけていたＴＶ画面に大山議員が映ったのだ。なにやら大勢のマスコミに取り囲まれている。

「賄賂がバレたみたい」

画面には『贈収賄容疑』という文字が流れている。

「ヤマダさんがなにかしたのね」

「多分ね」

ようやくリンゴを飲み込んだ暁也がため息をつきながら言った。

「初衣ちゃんを危険な目に遭わせたそもそもの張本人はこいつだからな」

口調は厳しい。暁也の父親も政治家だ。彼の名字である樋口は母親の名前だという。おそらく今も父親は別な名前で政治家をしているのだろう。

晓也は政治家の父親を嫌っている。理由は聞いていないが、その父親と同じ世界にいる政治家という種族も嫌いらしい。

自分の命を狙ったとはいえ、サラリーマンである三人組には寛大なところを見せたのに、政治家の大山には遠慮はなかったようだ。

「ねえ」

「ん？」

「あの、ヤマダさんて……もしかして晓也になにか特別な感情がない？」

初衣はずっと聞きたかったことを聞いた。

あのとき、晓也の手を包んだヤマダの優しい仕草、晓也に手を握られて目を細めた顔。

「あの人は僕のファンなんだ」

「……それだけかしら」

晓也は左手で髪をくしゃくしゃとかき回した。

「初衣は時々鋭いな」

「そう？」

「ヤマダさんはゲイなんだよ」

晓也があっさりと答える。

「え、あの、だ、大丈夫なの？」

うろたえる初衣に暁也は静かに笑った。

「大丈夫だよ、あの人は絶対僕に手を出さない——僕はあの人に応えられないから」

「……」

「それがわかっているからあの人は無理強いなんかしない。それが彼のプライドだからね」

ヤマダは暁也のことがそれほど好きなのだ。

だが、初衣にはヤマダに対して嫌悪も不快感もわかなかった。代わりに抱いたのは奇妙な連帯感。

「そっか……そうなんだ」

包帯に包まれた暁也の手が初衣の手の上に乗った。

「とんだクリスマスになっちゃったけど……また旅行に行こうよ。初衣と二人で初めての景色を見たり、一緒にいろんなことを楽しんだりしたいよ」

「そうだね……行こう、一緒に」

初衣は顔を寄せ、そっと暁也の唇に触れた。甘酸っぱいリンゴの味がする。

「初衣……」

暁也が左手を伸ばして初衣の肩を抱こうとした。その腕をするりとかわす。

「唇が乾いてがさがさ。熱が高い証拠じゃない、安静にしてなきゃ」

皿とナイフを持って初衣が立ち上がると、暁也が情けない声を上げた。

「初衣ちゃーん」

「あ・ん・せ・い・に！」

びしっと言うと暁也は布団を頭までかぶった。

初衣は静かに病室を出た。

（暁也といると退屈しないわね……）

病院の窓の外に浅間山が見える。もうすっぽりと真綿のような雪をかぶり、まるでクリスマスケーキのようだ。

暁也のくれたクリスマスプレゼントは大きすぎてポケットには入らない。だから胸の中に、心の中に大事にしまっておく。

そう、愛にリボンがかけられないように。

（大好きよ、暁也）

初衣は曇った窓ガラスに指で大きくハートマークを描いた。美しい浅間山がそのハートの中で輝いて見えた。

ＡＣＴ６　二人の物件

「暁也のバカ！」

そんな言葉を投げつけて別れたのが二日前。

翌日にはカッとなった自分をすっかり反省して彼が来るのを待ってたのに。

「来やしない」

電話もメールも寄越さないなんて。

「私のこと、嫌いになったの？」

こっちから電話してみればいいんだわ、ううん、メールだっていい。

そう決意したのが二日目のお昼。

初衣はバッグからスマホを取り出し、暁也にメールを打とうとしていた、まさにその時だった。

事務所の自動ドアが開き、毛皮のかたまりが入ってきたのだ。

いや、毛皮のかたまりと見えたのは、豪華なシルバーグレイの狐《きつね》の毛でできたコートをまとった暁也だった。

暁也はまっすぐ初衣のデスクまで来ると、黒い革手袋をはめた手を机の上に置いた。

「しばらく戻らないから」

「え?」

「仕事で彼のホテルに逗留《とうりゅう》する」

くいっとあごをしゃくって示した方には、赤毛の大柄な外国人が立っていた。初衣と視線が合うとにっこりと笑う。

太い眉の下の目は深くくぼんでいたが、きれいな青い色をしていた。鼻はするどくとがり、立派なあごは大きく割れている。

「だ、誰?」

「ハワード・ジョンソン。実業家だ。僕のお客」

「し、しばらくって」

「さあね、気が済むまでかな」

「あ、暁也」

冷たい声に初衣はあわてて立ち上がった。

「な、なによ。そんなひねくれた怒り方しなくてもいいじゃない」

「どうせ僕はひねくれてるよ」

「子供っぽいって言ってるのよ」

「一つしか違わない」

「暁也ってば」

腕を摑もうとしたがするりと抜けられた。

「暁也……ねえ、外で話そ」

痴話喧嘩は仕事場でするものではない。初衣は好奇心満々の顔でこちらを見ている所長を一睨みしてから、暁也に頼んだ。

「さすがはオトナの対応だね。こんな時にも他人の目を気にするのか」

だが、暁也はそれさえも不満の対象にしてしまう。

「だってこんなこと、私とあなたの問題じゃない」

「君がここで僕のことを愛してるって大声で叫ぶなら」

暁也はにやりと人の悪い笑みを浮かべた。

「今日、君の部屋に行ってもいい」

「な」

初衣の頰に血の気がのぼる。

「そういうところが子供っぽいって言うの！」

「逆ギレかい、ふうん」

晩也は革手袋をはめた指で初衣のあご先をつまんだ。

「残念だな、初衣。君のその枠にはまった考え方を変えるチャンスだったのに」

「私は恥という文化を知ってるの！」

「実はミスター・ジョンソンにアメリカで仕事をしないかって誘われているんだ」

「あらそうよかったわね、行けば？」

「行っていいのかよ？」

「私が泣いてすがるとでも？」

「ああ、そうだね。君は立派な大人だからね。そんなみっともない真似はしないね」

晩也は手を放すとくるりと背を向けた。そして入り口でおとなしく待っていた異国の男の腕をとり、何事か囁く。

晩也は日本人にしては長身の方だったが、ジョンソンはさらに背が高かった。

ジョンソンはうなずくと晩也の肩をそっと抱いた。

「じゃあね」

晩也は振り向かずに片手を上げてひらひらさせた。ジョンソンの手はずっと晩也の肩にある。

自動ドアが閉まっても、初衣は立ち上がることができなかった。

（な、なに、あれ。いったいなんのパフォーマンスなの）

「ほ、穂高くん……？」

所長が気弱そうな声を上げた。

「樋口先生とけんかしたの？　追いかけなくていいの？」

「所長には関係ありません！」

思わず怒鳴ってしまい、はっと口に手を当てる。所長が目の前で悲しげな顔をしていた。おせっかいでいつも余計な仕事を増やす上司だが、根は親切で気のいい人なのだ。怒りのあまり八つ当たりめいたことをしてしまった。これではどっちが子供だかわからない。

「……すみません、所長。私、ちょっとお手洗い行ってきます」

「うん……」

初衣はトイレに駆け込むと、蛇口をひねり勢いよく水を出した。手をひたせば切れるように冷たい。

「……」

手が痺れるまでそうしていたあと、初衣は洗面台の鏡に向かって大きく息をついた。

「暁也のバカ！」

確かにそんな言葉を投げつけてしまったのは自分だ。だからといってあんな仕返しはないだろう。

あの時だって、私は暁也のことを心配して言ったのに。

暁也に誘われて出かけたスペインバルで、おいしい赤ワインに心地よく酔った。楽しげな初衣により楽しそうな顔で暁也は「プレゼント」と言って小箱を差し出してきた。

「え？　なあに？　クリスマスも終わったし、私の誕生日はまだ先だし」

「別にプレゼントをする日がクリスマスと誕生日だけってことはないだろう？　僕が贈り物をしたい、と思った時がプレゼントの日だよ」

初衣だって恋人からプレゼントをもらって嬉しくないわけがない。目を輝かせて小箱のリボンをほどいた。

ところが中から出てきたものは――、

「暁也、こ、これって……」

ジュエリーにうとい初衣でもわかる。ダイヤと真珠がふんだんに散りばめられた、高級そうなネックレスだ。

「すてきだろ？　一目見て初衣に似合うと思ったんだ」

まるで光の滴のように小さな真珠とダイヤが連なっている。初衣はネックレスに触れようとして、だが手を引っ込めた。

「こんな高価なもの――受け取れないよ」

「え？」

「いったい、いくらしたの？　私、そんなにアクセサリーはつけないし。しかもこんな高級そうなすてきなもの、いったいどこで、どんな服を着てつければいいの？」

「そうだねえ」

　暁也はニヤニヤした。

「服がなければ着なければいいさ」

「――バカじゃないの」

　初衣はこぶしでこめかみを押さえた。

「暁也、前から言いたかったんだけど、あなたお金の使い方おかしい。そんなに欲しいものを考えなしにどんどん買っちゃったら、将来困るからね。貯金とかしてるの？」

　初衣の言葉に暁也は笑みを引っ込めた。

「なんだよ、初衣。気に入らないの？」

「気に入る気に入らないじゃなくて、私は暁也を心配しているの。私になんか贈り物をくれなくてもいいから。私は暁也にすてきなものをいっぱいもらっているもの。こんな無駄遣いをしてもらうより――」

「無駄遣い？」

　暁也は初衣の目の前から小箱を取り上げた。

「君は、僕が君のために買ってきたものを無駄遣いだって言うんだ」

「だ、だって、そんなのどこにもつけていけないもん」

「君がこういうのをつけていけるところなんて、僕がいくらだって用意する」

「だからそれが無駄遣いだって言ってんの。私、暁也に会ってから、今までいくらご馳走してもらったりプレゼントもらったりしていると思うの?」

「男が恋人にご馳走したりプレゼントしたりするのは当然じゃないか」

「確かに暁也はお金持ちなのかもしれないけど」

初衣は首を振った。

「私はこんな贅沢には慣れていないの。コツコツとお金を貯めて、将来に備えたいの」

「将来って言うなら、君は僕と一緒に暮らすんじゃないのか」

「そうしたいよ、でも――」

もしかしたらできないのではないか、と初衣は考えていた。暁也は自分の家が嫌いだ。結婚となればどうしたって家同士のつきあいになる。

「暁也は……私をお父様に紹介してくれる気があるの?」

ピクッと暁也の眉が跳ね上がった。彼は滅多に見せない不機嫌な表情になると手に持った小箱を開けたり閉めたりした。

「なんで君をあいつに紹介しなきゃなんないんだ」

「一緒に暮らすって――結婚……、ってことじゃないの？」

　初衣は小さな声で言った。自分からは本当は言いたくなかった。

　だが今まで暁也は「一緒に暮らそう」とは言っても「結婚しよう」とは言ってくれなかったのだ、幼い頃を別にすれば。

「結婚？」

　暁也はそんな言葉は初めて聞いた、というような顔をした。

「違う、の？　私はあなたと……ずっと一緒にいたいから……」

「ああ、そうだよ、結婚……、もちろんさ。約束したよな」

　初衣はほっとした。

「だったらやっぱりお互いの親に挨拶ってことになるでしょう？　私だってあなたを両親に紹介したいし」

「もちろん、君のお父さんとお母さんには挨拶に行くさ。君を幸せにしますって約束する。でもうちのはいい」

「そんな」

「婚姻届を出してうちわでひっそり式を挙げるんじゃだめなのか？　結婚って僕たちだけの問題じゃないか。僕の親には報告だってしたくない。高校を出てから一度も連絡をとってないし、今さら」

「うちわでひっそり、は、賛成よ。でもうちの両親はきっと暁也のお父様にご挨拶したいと言い出すよ。ごくごく普通の人たちなんだから。それが常識でしょう？」

「そのへんは僕がうまいことごまかすよ」

その言葉にカッと初衣の頭に血がのぼった。

「結婚するのにごまかしってどうなの⁉　子供じゃないんだからちゃんと考えて。私たちの結婚のこともきちんとお父様に伝えて、お願いよ！」

「うるさいな、これは僕とあいつの話だ、君には関係ない」

「関係ないですって⁉」

初衣はぎゅっとこぶしを握った。

「おおありでしょ、あなたのお父さんっていうことは私のお父さんになるんだから」

「君の父親じゃない」

「暁也、お父さんだってきっと心配してるわよ？」

「君は」

暁也はパチンと音を立てて小箱を閉じた。

「プレゼントは気に食わないと言うくせに、僕の親のことには口出しするんだな」

テーブルの上に小箱を叩きつけるように置く。

「親の許可がいるんなら結婚なんかしなくていい」

「あ……」

あんまりな言葉に全身の血の気が引く思いだった。

「暁也のバカっ、なによそれ、駄々っ子なの？」

「駄々っ子はどっちだ」

暁也は席を立った。

「僕がいつもいつも君に甘い顔をすると思ったら大間違いだぞ。僕は今とても不愉快だ。君が前言を撤回するまで会いたくない」

「あ、暁也……」

きれいなアーモンド型の目を細め、冷たい表情で初衣を見つめる。

「おやすみ」

なんの感情も感じさせない口調でそう言うと、暁也はテーブルから離れた。初衣は呆然とその背中を見つめていた。

暁也が私を置いていった？

怒った？　不愉快って言った？　結婚しないって？

食事の支払いは……あ、持ってったんだ、そういうところは冷静なのね、じゃなくて。

暁也の座っていた席にはぽつんと小箱だけが残されている。初衣は腕を伸ばしてその小箱をとった。

中には美しいアクセサリー。

これをもらって単純に喜べばよかったの？　結婚の話を持ちださなければよかったの？

でも二人のこれからのことよね。そして結婚するのは二人だけのことだと言ったって、どうしても家族はついてくる。私は……私は……。


「常識的なだけだよ」

初衣は鏡に向かって呟いた。

小さな電気屋の娘として生まれ、平穏無事に育って就職して好きな人ができて。

そしたら結婚するでしょう？

そしたら新しい家族ができるでしょう？

新しいつながりが生まれるでしょう？

いくら断絶してるって言ったって、子供のことを考えない親はいないわ、親を思わない子供はいないわ。

「暁也のわからずや……」

それでも鏡の中の自分の顔は泣きそうだった。

「あああ」

暁也はベッドの上で頭を抱えて転げ回った。

「やっちまった、やっちまったよ。初衣に嫌われたらどうしよう」

そんな彼を面白い生き物でも見つめるような目をして、赤毛の外国人が見つめている。

「やっぱりあんたの甘言《かんげん》に乗ったのが間違いだった」

恨みがましい目をして見上げてくる暁也にジョンソンは肩をすくめた。

「カノジョが自分をアイしてないカモって言うからじゃナイか」

「それにしたってこんなふうに愛情を試すのは間違いだ」

「ダイジョブだよ、暁也」

ジョンソンはベッドに腰をかけ、暁也の落とした肩に腕を回した。

「すぐにカノジョからコールがあるさ。暁也、ワタシが間違ってイタわ、アイシテるって」

「……」

「マッタク驚いたネ。君ほどの力のアル占い師が恋人の気持ちもわからナイなんて」

「自分のことは占えないんだ」

はあっと暁也はため息をつき、サイドテーブルに置いてあったカードを手にした。

「初衣に関しての情報も十分あるのに、肝心の彼女の気持ちがわからない」

「恋に臆病ナンダね、暁也」

「僕の片思い歴をなめちゃいけない、ハワード」

ジョンソンはもう一度大げさに肩をすくめてみせる。

「私とシテハ、君が振られる方がウレシイ。そしたら一緒にアメリカへ行こう。君の宝石のような予言が私ニハ必要だ」

「振られるとか不吉なことを言うな！　日本には言霊《ことだま》という考えがあるんだ」

「犬が歩けばエサがもらえるってヤツかい？」

「それはコトワザだし、しかも間違っている」

「日本語ムツカシイね」


「……！」

電卓の数字を打ち間違え、初衣は思わず舌打ちをした。それが思ったより事務所の中に響き、あわててガチャガチャとキーを押す。計算間違いはこれで三度目だ。

どうしても暁也のことが気になって集中できない。

あれからネットでハワード・ジョンソンを検索してみた。写真や動画、ニュースなどでわんさか出てきた彼の経歴は、実に見事なものだった。

裕福な家に生まれ、祖父も父親も議員、自分も政治家の道を進むが、二十年前に突然、不動産事業を起こし、現在も成功し続けている。父親の関係で政治家ともつながりがあり、大学の理事やＮＰＯ団体の理事をいくつも兼任していた。

こんな人が、それでも暁也を必要としている。彼と一緒にアメリカへ行けば、暁也にとっても将来的にいい結果になるかもしれない。

街の小さな不動産会社のＯＬなんて、暁也の未来になんの影響も与えない。だから暁也が私を捨てたって……捨てることだって十分ありえるわ。

（どうしよう……）

初衣はデスクに肘をついて頭を抱えた。

（やっぱり私が悪いの？　私が謝ればいいの？　暁也があれほど嫌がっているのにお父さんの話をしたから……ううん、もしかしたら暁也は結婚自体考えてなかったんじゃないのかな。私と結婚するのがいやなんじゃ……）

所長や同僚の目も気にならなかった。初衣は指でぐしゃぐしゃと髪をかきまぜる。

「――いらっしゃいませ！」

所長がことさら景気よく声を上げる。反射的に初衣は顔を上げたが、入り口には誰もいなかった。

「え？」

「こんにちは」

まばたきしたのと横から声をかけられたのが同時だった。初衣は思わず左手をその方向に突き出していた。ぐにゃり、と柔らかくでこぼこしたものが手のひらにあたる感触。

「きゃっ！」

「なるほど、バスケで鍛えていたというのはまんざらでもなさそうですね」

初衣の手のひらの下で男の顔が笑みをつくる。

「あ、えーっと……」

一瞬考え込み、それから思い出した初衣は、手を引っ込めた。

「ヤスダさん」

「ヤマダです」

あの特徴のない男、企業ヤクザだというヤマダが初衣の横に腰をかがめている。

「す、すみません。急に声をかけられたもので」

「いやいや、その反射神経はすばらしいですよ」

ヤマダの顔にくっきりと手のひらの形が残っている。

初衣は所長を振り向いた。案の定、目を剝き、口を開けている。接客業にあるまじき扱いをしてしまったのだから無理もない。

「あ、所長。この方、私のお客様なので——奥のブース お借りします」

初衣は髪を直しながら立ち上がると、ヤマダをついたての向こうに案内した。ヤマダは事務所の中に無意味な笑顔を振りまき、おとなしくついてきた。


「ご無沙汰しております」

ヤマダはにこやかに頭を下げた。

「はあ……」

一ヶ月がご無沙汰なのかどうかはわからないが、あまり親しくつきあいたい人間ではない。初衣はヤマダに椅子を勧め、自分も彼の前に座った。

「今日伺ったのは樋口先生のことで」

「暁也……樋口さんのことですか？」

「はい。穂高さんは樋口先生が今一緒にいる外国人をご存知ですか？」

「ええ……あの、なんでしたっけ、ジョンとか言う……」

「ハワード・ジョンソンです」

「ああ、そうです。そんな名前でした」

「――ここへ来たのですか？」

ヤマダは言葉尻を捕らえ、眉をひそめた。

「来ました。暁也が連れてきたんです。一緒にアメリカに行くかもしれないとか……」

「もちろん引き止められたんでしょうね」

「そんなの、暁也の冗談に決まってるじゃないですか」

「樋口先生は冗談で仰ったのかもしれませんが……」

ヤマダの眉間のしわはますます深くなったが、顔つきは変わらない。お面を見ているようだ。

「ハワード・ジョンソンは冗談だと考えていないかもしれません」

「どういうことです？　あの外国の方が暁也を連れて行くってことですか？」

「私が摑んだ情報だと、ジョンソンは飛行機の切符を二枚用意しました。行きは一枚だったのに帰りは二枚です」

どうやってそんな情報を入手したのかは知りたくないが、初衣はヤマダの言い方に不安を感じた。

「だって、そんなの……暁也は断るに決まってます……」

声が小さくなるのはさっきの暁也の怒りを見たせいだ。

「行くはずないです、暁也は」

「樋口先生が行かないと言っても、ジョンソンは連れて行くかもしれません。彼はアメリカでも有名な投資家で大富豪です。樋口先生とのつきあいは三年前に来日して以来ですが」

「それもあなたが摑んだ情報なんですか？」

「樋口先生に関する情報は、どんな些細《ささい》なことも私の耳に入るようになっています」

さらりと言われたのが怖い。

「友人のように振る舞っていますが、あの男の狙いは樋口先生の独占です。樋口先生の占いの力だけでなく、先生自身をも」

ヤマダの声は熱を帯びるが、やはり表情は動かない。穏やかで、眉間のしわだけが深くなってゆく。

「暁也自身ってどういうこと？」

「ハワード・ジョンソンはゲイです」

一瞬、ヤマダの表情が揺れた。不快なような、恥じ入るような。

ヤマダ自身もゲイで暁也のことが好きなのだと暁也自身から聞いている。けれどヤマダは決してそれを口にしない。それが彼のプライドなのだと。

ヤマダがハワード・ジョンソンに対して持っている感情がほんのわずか、わかったような気がした。

「穂高さんは樋口先生とけんかなさいましたね」

「……ほんとに些細なことまでご存知なんですね」

初衣の皮肉にヤマダは唇の端を少しだけ持ち上げた。

「なんでしたらその時飲まれたワインの銘柄もお答えできます。でも今はそんなことに時間を費やしている暇はありません。一刻も早くあの男から樋口先生を取り戻さなければ」

「ちょっと待ってください。暁也がいくら子供っぽいと言っても大の大人です。無理やりアメリカなんかへ連れて行けるわけないでしょう」

「穂高さん」

ヤマダは笑みを消した。たちまち初衣をぞっとさせたあの蛇のような印象が立ち上がる。

「金というのは何でも可能にするんですよ」

「――」

膝の上で握った手が湿り気を帯びる。

「ま、万が一アメリカに連れて行かれたって戻ってきますよ」

「私の掴んだ情報では」

ヤマダは怖い雰囲気を崩さずに続けた。

「ジョンソンはゲイですが、女性と三度結婚しています。そして三回とも妻と死別しています。私は――ジョンソンが三人の女性を殺していると思っています」

初衣はヤマダの顔を見返した。ひくっと唇が持ち上がりかける。

「……そんな、映画やドラマじゃあるまいし……」

「ええ、フィクションの話をしているのではないのですよ、穂高さん」

空調が効かなくなったのだろうか、背筋が寒い。

「暁也はどこにいるんですか?」

初衣はヤマダを睨みつけるように見つめた。

「ご存知なんでしょう?」

「銀座のホテルです。ご案内します」

「行きます」

立ち上がった瞬間、目眩がした。初衣は小さな声を上げ、机に両手をついた。

「大丈夫ですか」

「だ、大丈夫です、ただの立ちくらみ」

人指し指で額を突つきながら、初衣は再び立ち上がった。

「所長」

ブースから出ると所長がなにか言うまえにたたみかける。

「お客様を物件にご案内します、しばらく出ています」

「え?　物件って、どこの――」

聞こえなかった振りをして会社を出た。ヤマダは影のように初衣の背後にいる。

初衣は彼を振り返った。

「行きましょう。暁也を取り返すわ」

「そういうわけでね、初衣はまだほんの子供だったというのに、必死に僕を守ってくれたんだよ、わかるか？　小学一年の女の子が、けなげに守ってくれるって。これで好きにならなきゃおかしいだろう？」

暁也はこぶしを握って目の前の外国人に力説した。

「わかりマス、わかりマス。それで暁也はすっかり初衣に惚れ込んだわけでしょう？」

「そう、そうなんだ。それからは初衣の言うとおり、かっこよくて強い男を目指して頑張ったのに」

暁也の白い顔がほんのりと赤くなっている。目の前に並んだワインボトルのせいだった。

ハワード・ジョンソンの方はほとんど顔色が変わっていない。

ジョンソンはもう一本新しいワインをセラーから取り出すと、ソムリエ顔負けの手つきでコルクを抜いた。

「サア、暁也。ラトゥールの九十二年だよ、これもうまい」

「ああ、ラトゥール。初衣は赤ワインも好きなんだ……」

ボルドーグラスに注ぐと甘くスパイシーな香りが立ち上る。

暁也はグラスの細い脚の部分を指先でつまみ、あごを上げて一気に飲んだ。唇から赤い液体が一滴、喉に流れてゆく。ジョンソンはその色を目で追った。

「嘆き悲しむ暁也など見たくナイなあ」

そばに寄り、優しい仕草で指先からグラスを奪う。ジョンソンは身をかがめると、暁也の首筋に垂れたワインに唇を近づけた。

「やめろよ」

舌が触れる寸前、暁也がジョンソンの頭を押し退ける。

「僕にはその気はないって何度も言ってただろ。あんたとは気の合うオトモダチでいたいしね」

「それは残念」

それでもジョンソンは気を悪くしたふうもなく、にこやかに体を離した。暁也は両手を擦りあわせると、壁にかかった時計を見た。

「もうこんな時間か」

カーテンが閉まっているため外の景色がわからない。暁也は立ち上がろうとして、またストンとベッドに腰を下ろした。

「あれ?」

「どうしたンダい、暁也」

「いや、やっぱり初衣に電話しようと思ったんだけど、あれ?」

暁也は上半身をゆらゆら揺すった。立ち上がろうとしているのに足に力が入らない。

「おかしいな、そんなに飲んだわけじゃないのに」

「案外酔ったのカモね。そんな自覚のない酔い方のままで彼女に電話シタら、思ってもいないことを言ってしまうよ。もう少し落ち着いてからにシタらどうだい？」

ジョンソンはグラスに水を入れると暁也に差し出した。

「ホラ、酔い覚ましに」

「ありがとう、ジョンソン」

暁也は照れくさそうに笑うとその水をゴクゴクと飲んだ。

「ねえ、暁也」

「……ん？」

「さっき私のコトワザが間違っているって言っただろ？」

「んん？　そうだっけ……」

「私はあれ以外にもいくつも日本のコトワザを知ってるよ。たとえばヒョータンからコマとか、嘘から出たマコトとか」

「ふうん……？」

「タナカラボッタモーチとかね。大好きな言葉だ」

「ふう……ん……」

ぐらっと暁也の頭が揺れた。

「ん……なんだろ……急に……すごい、眠い……」

暁也の手から水の入ったグラスが落ちる。分厚いカーペットの上で、それは割れもせず、コロコロと転がってジョンソンのつま先にあたった。

「ブタニ真珠、とか……。暁也、君はあの女にはもったいない。まさに君は真珠、かけがえのない宝石だ」

暁也の体がぐらりと傾いてベッドの上に倒れ込んだ。

ジョンソンはベッドに近寄るとシーツの上に横たわった暁也を覗き込んだ。暁也は目を固く閉じ、眉を寄せて苦しげな表情をしている。頬は紅潮し、濡れた唇は半開きだった。

ジョンソンは顔を下ろすとその唇に自分の唇を重ねた。

「ん……うう……」

暁也が苦しがって顔を振る。

ジョンソンは舌なめずりをすると、暁也の顔をそっと撫でた。

「大事な宝石は……私が大切に優しく宝石箱にしまってあげようねえ……」


同じ頃初衣はヤマダの運転で銀座に向かっていた。

夕暮れの銀座の街は、さまざまなブランド店が美しくライトアップされ、意匠を凝らしたデザインが浮かび上がる。シンボルでもある柳の街路樹は葉を落としてはいるが整然と並び、イルミネーションで飾られていた。

人通りも車の流れも多い。そんな中、ヤマダの運転するシボレーは滑るように車の群を追い越し、あっという間に目的のホテルへついた。

いつの間に連絡を入れていたのか、玄関に彼の配下と思われる男が迎えに出ていた。

「ヤマダさん、ジョンソンはチェックアウトしました」

地味な普通のサラリーマンふうのスーツを着ていたが、顔つきに迫力のある男だった。

「なんだと？　樋口先生は？」

「それが、ご一緒ではなくて。まだ部屋なんじゃないですかね」

ヤマダは一瞬、視線を足下に向けた。

「部屋へ案内しろ」

「はい」

ヤマダと男のあとを初衣が追う。

「ハワード・ジョンソンは一人でチェックアウトしたの？　じゃあ大丈夫なんじゃ？」

「樋口先生のお姿を見るまでは安心できません」

エレベーターで最上階まで上がる。しん、と静まり返った廊下は人の足音もカーペットが吸い込み、なにも聞こえなかった。

「この部屋です」

部下に教えられてヤマダがドアのチャイムを押す。二、三度押してドアに耳をつけるが、中からはなんの反応もなかった。

「……暁也は先に帰ったのかも」

「それはありません。自分はロビーで見張っていましたから」

部下の男が即座に答えた。

「――樋口先生?」

ヤマダがドアをノックした。しかしドアは閉ざされたままだ。

「仕方ないですね」

ヤマダがそう言うと、部下の男がポケットから数枚のカードを取り出した。ヤマダはトランプのように広げられたその中から一枚抜くと、カードホルダーに差し込んだ。

カチッと音がしてドアのキーが外れた。

「あの、ヤマダさん……どうして鍵を持ってらっしゃるんでしょう?」

「聞かない方がいいですよ」

ヤマダは無表情に答えてドアを開けた。

二間続きのスイートルームだ。ヤマダはどんどん奥の部屋へ入っていった。

「わ、お酒くさい」

ベッドルームのドアを開けた瞬間、初衣は鼻を覆った。アルコールの匂いが充満している。正体はテーブルや床に転がったワインのボトルだ。

「どれだけ飲んだのよ、もう！」

初衣が呆れ果てている間に、ヤマダはバスルームやトイレも調べたらしい。

「いらっしゃらないようだ」

「どこへ行ったのかしら。二人でこんなに飲んで……きっと暁也も酔っぱらってる」

初衣はベッドに近寄り、そしていきなりその上に体を投げ出した。

「暁也の匂いがする！」

「え？」

「シーツに暁也の匂いがついてる！　間違いない、暁也のいつもつけているコロン！」

黙って見返してくるヤマダに初衣はムキになって言った。

「ほんとです、私がプレゼントしたコロンだもの、間違えるはずありません」

「そうですか」

「やっぱり暁也は酔っぱらって寝ちゃって、それでジョンソンさんは諦めて帰ったんじゃないでしょうか？　それでそのあと暁也も帰って」

「寝てしまった樋口先生を、そのまま放っておくなどというもったいないことを、あの男がするはずがありません」

「はあ……」

「樋口先生の寝顔が見られるなら小切手を切りたいくらいですから」

（冗談なのかな？　冗談だということにしておこう）

初衣は曖昧な笑顔でうなずいた。

「樋口先生はここに横になった。おそらくは酔っぱらって寝てしまったんですね。しかし、ジョンソンは一人でチェックアウトした。そして樋口先生の姿はない」

「どういうこと……」

初衣は想像してみた。あの赤毛の外国人がフロントでチェックアウトしている。暁也の姿はない――。

「……荷物」

初衣は呟いた。

「荷物は？　ジョンソンはトランクとかスーツケースとか持っていなかったんですか？」

「あ、持ってました。かなり大きなスーツケースをベルボーイが運んで車に詰め込んでいるのを見てます」

部下の男の言葉に初衣とヤマダは顔を見合わせた。

「それだ！」

ゴオッと赤いライトの線を引いて飛行機が夜空に飛び立っていく。

ジョンソンは車のフロントガラスからそれを見送った。

「明日は私と君とでテイクオフだよ」

ジョンソンは楽しそうに呟き、アクセルを踏み込んだ。


「念のためジョンソンのあとをつけさせておいてよかったです」

今はヤマダの部下が運転する車で、初衣たちは成田に向かっている。

「ジョンソンが出かけるなら必ず場所を突き止めておくようにと、命じておきましたから」

「手回しがいいんですね、ヤマダさん」

「この世界、手回しと根回しで成り立っているんです」

夜の灯りがひゅんひゅんと後ろに飛んでゆく。道が広いのであまり感じないが、スピードはかなり出ているに違いない。

「間もなく成田空港です」

運転手の言葉に顔を上げると、飛行機が驚くほど近くに腹を見せて飛び立っていくところだった。

「ジョンソンは何時の飛行機を予約しているんですか？　今晩？」

「いいえ、明日朝早くです」

「一晩、空港の近くのホテルで過ごすつもりね……」

酔っぱらった暁也をスーツケースにつめて、そのまま持ち込む気なのか。

「それはないでしょう」

初衣の胸のうちの心配を言葉にすると、ヤマダは首を振った。

「スーツケースもX線を通します。中に人間を入れて運ぶなんてできません」

「だったらどうやって暁也を飛行機に乗せるつもりなんでしょう？　明日になれば暁也だって素面《しらふ》に戻りますよ」

「朦朧《もうろう》とした状態にしたまま連れ込むのかもしれません。そういう薬ならいくらでもありますからね」

怖いことを言う。

「……気分が悪いわ」

「やつらは自分たちにはできないことはないと思ってるんですよ」

「……そうじゃなくて、ほんとに気持ち悪くて……ちょ、ちょっとだけ車停めて」

初衣は口元を押さえた。ヤマダが運転手に合図して、車を歩道側へ寄せる。

初衣はドアから転げるように出ると、歩道の横の茂みに顔をつっこんだ。

「う～～～」

えずいてみたがなにも出ない。だが胸の奥のむかつきが収まらなかった。

「大丈夫ですか」

ちっとも心配してなさそうな声でヤマダが言う。

「だ、大丈夫です、どうしたのかな。悪いものは食べてないと思うんだけど」

ヤマダが黙り込む。初衣は口をハンカチで押さえると車に戻った。

「穂高さん、もしかして」

「え？」

ヤマダの小さな黒目が初衣の腹部を見た。

「もしかしたら」

「え……」

初衣は思わずおなかを押さえた。

「ま。まさか……！」

運転席でスマホが鳴った。ハンドルを握る男が無言でそれを肩越しにヤマダに渡す。

ヤマダはスマホを受け取ると、二、三言交わした。

「――ジョンソンの入ったホテルがわかりました」

スーツケースから暁也をひっぱり出し、ハワードはその身体をベッドの上に乗せた。まるで王子にかしずく奴隷のように丁寧な仕草で暁也の靴を脱がせ、上着を取り去る。撫でるような手つきで、シャツのボタンをはずしてゆく。

「意識がないのがちょっと残念だケド、明日からの私たちの生活の予行演習とイコウ」

暁也はぐったりとされるままになっている。泥酔した上になにかの薬を飲まされた身体はなんの抵抗もなく、胸を開かれていった。

「銀座のホテルにはなんだかうるさいネズミがイタようだ。でも、ここなら私の番犬もいてくれますからネ、安心だ」

ハワードは隣の部屋に目をやった。閉ざされたドアの向こうには、彼が雇ったボディガードが二人控えている。

「さあ、暁也……新しい世界へ一足先にフライトとイコウ」

暁也は目覚めない。なにも知らず眠っているだけだ。

初衣とヤマダを乗せた車は、ハワードが泊まっているホテルに到着した。ごく近くに成田国際空港の灯りが見える。

正面の入り口に車を寄せると、男が駆け寄ってきた。もう一人のヤマダの部下だ。

「部屋は？」

「五階です。ジョンソンは一人じゃありません、警護している男が二人、一緒の部屋です」

「そうか。まあ、大丈夫だろう」

ヤマダはうなずき、ポケットに手を入れた。初衣はその動作にはっとして彼の腕を押さえた。

「ちょ、ちょっとヤマダさん、まさか危険なものを持ってないですよね？」

「危険なものって？」

「じゅ、銃とか」

「ははは……、穂高さん。ここはアメリカじゃありませんよ。私ら一般人がそんなもの持てるわけないじゃないですか」

一般人って。

エレベーターに向かうヤマダたちの背中を追いかけながら初衣は思う。

ホテルの部屋の鍵を勝手に開けたり、飛行機の予約人数を調べたりできるのは一般人とは言わないわよ。

部屋のドアの前でヤマダは初衣にある台詞を教えた。

「出来るだけ穏やかに部屋に侵入するためです、よろしいですか？」

「わかりました」

初衣は部屋のインターフォンを押した。

「なんですか？」

中から日本語が聞こえた。ジョンソンが雇ったボディガードだろう。

「――申し訳ありません。ホテルの備品のうち、タオルが足りていませんでしたのでお持ちしました」

声が震えるかと思ったが案外すらすら出てきた。インターフォンはしばらく沈黙したが、やがて、「わかりました」と声がした。ヤマダが初衣に親指を立ててみせる。ヤクザにグッジョブなんてほめられたくはなかった。

ドアがカチリと音をたてて細く開いた。ドアと壁をつなぐ内カギが見える。

その隙間からヤマダが腕を差し入れる。瞬間、バチッと音がして白い火花が散った。スタンガンだ。

「ぎゃっ！」

部屋の中の男が衝撃で内側に跳ね飛んだのと同時に、ヤマダの部下がドアの隙間に金属の棒を差し込んだ。梃子《てこ》の原理を利用してそれをひねると、先程より軽い音がして内カギがあっさりと外れる。

一秒ほどの時間だ。プロの前ではセキュリティなどなんの役にも立たないことを、初衣はこの短時間で思い知った。

二人の部下は部屋に飛び込み、中にいたもう一人をあっという間に組み伏せる。

「こっちです」

まるですべてのホテルの部屋を熟知しているように、ヤマダは奥へ進んだ。

初衣は倒れている男を踏まないようにしてあとを追う。

（日本が安全な国だなんて嘘ね）

ヤマダが奥の部屋のドアを開けた瞬間、平手打ちのような音がして、初衣の後ろで花瓶が弾け飛んだ。

「え――？」

初衣の位置からはよく見えた。ベッドの上に裸の暁也と上半身だけ服を脱いだジョンソンがいて、そしてジョンソンは銃を構えている。

銃を見るのは二度目だったが、発射されたのは初めてだ。

「こ、この人、今撃ったの⁉」

「とんでもないやつですね、この日本で」

ヤマダは落ち着いている。

「しかしなんとか間に合ったようだ」

ヤマダがどこを見てそう判断したのか初衣にはわからなかったが、彼がそういうのなら正しいのだろう。初衣は暁也のためにほっとした。

「下ガレ！」

ジョンソンが震える声で言う。恐怖ではなく、おそらくは怒りで。

「そちらこそ、樋口先生の上から降りなさい」

ヤマダの口調は丁寧だったが、低く、凄みがあった。

「ギンザで私の周囲を嗅ぎ回っていたのはおまえか。何者だ」

「あなたと同じ、樋口先生のファンですよ」

初衣はヤマダの後ろから暁也を見ていた。ベッドの上でかすかに身じろぎしている。

「暁也！」

初衣は叫んだ。

「起きて！　暁也！」

「……暁也のファンか。ではこうすれば退いてくれるのカナ」

ジョンソンは銃を暁也に向けた。

「暁也のきれいな顔に穴を開けたくなかったら、下がりなさい」

「この卑怯もの！」

初衣が叫ぶ。

「暁也を返してよ！」

「暁也はアメリカに連れて行きます。彼には私のような人間がふさわしい」

「ふざけたこと言わないで！」

初衣はこぶしを握りしめた。

「暁也は私のことが好きなの！　私がいないとだめなの！　誰にも渡さないわ！」

子供の頃の約束を守って強くなってかっこよくなって帰ってきて、でもやっぱり私に面倒をかける。浪費家でお調子者で子供っぽいけど、いつも私に素敵なサプライズをくれる。

誰より私を必要として、私を愛してくれる暁也。

「大好きなの、暁也！　彼を返して！」

「……チェックメイトだ、ミスター・ジョンソン」

ベッドの上から穏やかな声がした。はっとジョンソンが振り向くと、暁也が笑っている。

「日本では銃は禁止だ」

暁也の指がジョンソンの指に触れたかと思うと、その銃が暁也の手に移動していた。

「あ、あき……」

ジョンソンは最後まで名を呼べなかった。ヤマダの横をすり抜けて、初衣が一、二の三歩でベッドに到達し、見事なジャンピングシュートを彼の顔面にたたき込んだからだ。

ジョンソンは声もなくベッドから転がり落ちた。

「……初衣」

晩也はふらふらと上半身を起こした。

「暁也のバカッ！」

初衣は裸の暁也にしがみついた。

「なに簡単に脱がされてんのよ！　あなたアブナイとこだったのよ！」

「あー……ごめん……」

「ごめんじゃ済まないわよ、バカバカバカ！」

初衣はわっと泣きだして暁也の肩に顔を伏せた。暁也はそんな初衣の髪を撫で、ドアの前で所在なげに立ち尽くしているヤマダを見た。

「ヤマダさん……ご迷惑をおかけしました」

「いえ、樋口先生がご無事でよかった」

ヤマダはようやく動くと、ベッドから転がり落ちて呻《うめ》いているジョンソンの身体を引っ張り上げた。

「これはこちらで処理しておきましょう」

「ヤマダさん、一応彼とは三年のつきあいがありますのでお手柔らかに」

「心得ておりますよ。しかし、樋口先生は念のため病院へ行ってください。こいつがなにを飲ませたかわかりませんから」

「わかりました」

暁也はヤマダに手を差し出した。

「本当にありがとうございます。感謝してます、あなたの友情に――」

「樋口先生……」

ヤマダの顔がわずかに緩んだ。彼は一瞬だけ暁也の手に触れると、すぐにその手をポケットにしまった。

「私はあなたのファンですから――」

ヤマダはくるりと背を向け、小さな声で言った。

「穂高さんも、途中で具合が悪くなられたようなので受診された方がいいでしょう」

「え？」

「では」

ヤマダはドアを閉めた。その向こうでドカッとなにかを殴るような音とかすかな悲鳴が聞こえてきたが、気のせいだろう。

「初衣……初衣……」

暁也はまだ泣いている初衣の肩を抱いた。

「もう大丈夫だよ、ごめんね。助けにきてくれてありがとう」

「あ、暁也はバカなんだから……」

初衣はしゃくりあげながら言った。

「わ、私が守ってあげないといけないんだから……だから、私から離れちゃだめ……だめなの……」

「うん……」

「みんな暁也が大好きなんだから……だから心配になっちゃうの……私のそばにほんとにいてくれるのか……だから……け、結婚なんか……考えて……」

「うん……」

「暁也がいやなら……もう、言わない……」

「そうじゃないよ、初衣」

暁也が初衣の身体を離し、涙と鼻水でぐしゃぐしゃになった顔を覗き込んだ。

「僕が勝手にわがままになっただけだ。僕だっていつも初衣と一緒にいたい。ほかの誰が愛してくれても……僕が愛しているのは初衣だけだ」

「暁也……」

初衣は目を擦った。

「ありがとう、私も暁也が好き……愛してる……」

初衣の言葉は暁也の唇の中に飲み込まれた。しっとりと舌を絡められ、飲み込まれる…。

とたんに初衣は暁也を突き飛ばした。

「さ、酒くさいっ！　やめて！」

「う、初衣〜」

初衣はベッドから下りると床に散らばっている服をかき集め暁也に投げつけた。

「いつまで裸でいるの⁉　さっさと服を着て！　病院に行くから！」

「初衣、せめてもう一回キスして……」

「だめよ！　ちゃっちゃと起きる！」

「きびしいなあ……」

検査の結果、暁也の身体からはさほど害のあるものは見つからなかった。しかし、ヤマダの用意した診察は精密なものだったので、終了までにかなり時間がかかった。

先に診察を終えた初衣は、ロビーで暁也を待っていた。

「いやあ、まいったよ」

暁也の明るい声が病院のロビーに響く。片手を上げて初衣の方へやってくる暁也に、待合いの女性たちの目が引き寄せられる。

相変わらず無駄に注目を集める人ね、と初衣は苦笑した。

「尿検査に血液検査、ＣＴスキャンまでされて……ヤマダさんは心配性だなあ」

「暁也のことが大事だからでしょ。ちゃんとお礼を言っておきなさいね」

「わかってるよ……」

暁也の笑顔がこわばった。自分を通り越した彼の視線に初衣が振り向くと、そこには年配の男性が立っていた。

男性は仕立てのよいスーツに、黒縁の眼鏡をかけ、灰色っぽい髪をオールバックにしていた。どこかで見たような気がする……。

大きな窓からたっぷり日差しの入る明るいロビーで、その人はまぶしげに目をしばたたかせていた。

「……」

男性は初衣に軽く頭を下げた。初衣もつられて会釈をする。その横を暁也が通り過ぎた。

「……身体はなんともないのか」

すれ違いざまに男性が呟くように言った。暁也は無言だ。初衣はあっと目を見開いた。

どこかで見たって言うか、暁也に似てるんだわ、じゃあ、この人が。

「あ、あき……」

初衣はあわてて暁也の背を追った。

病院の玄関を出たところで暁也に追いついた。

「暁也、お父様はあなたのこと心配して……」

「君が呼んだのか」

　暁也は硬い表情で言った。

「ええ、お父様の事務所に電話したの。ヤマダさんに教えてもらって……秘書の人に伝言を頼んだの」

「余計なことを……」

「暁也、子供の頃は来てくれなかったかもしれないけど、お父様は今日は来てくださった。あなたのことを心配されてるのよ」

「今さら……っ」

　暁也は振り返って初衣を見つめた。

「僕の時だけじゃない、母親が死にかけた時も、死んだ時も、あいつは来なかったんだ。葬式も全部秘書に任せて、あいつは同情票を集めるために喪主の挨拶だけしたんだ。翌日にはまた出かけていった。そんなやつが今さら僕の心配？　どういう心境の変化だよ」

「親だから、」

　初衣は暁也の手を握った。

「逃げたって血のつながりは切ることはできないよ。つながってるんだもん。暁也、あなたもつながるの、あなただってお父さんになるんだよ」

「……え？」

初衣はもう片方の手で自分のおなかを押さえた。

「ここに——あなたの子供がいるの」

「——」

暁也はポカンと口を開けた。視線が初衣の腹部に向けられる。

「こ　ど　も……？」

「そうよ」

「僕の……？」

「あなたと私の」

暁也の片手をとって自分のおなかに触れさせる。

「あなたがいなければこの子はいなかった。あなたのお父様がいなければあなたはいなかった。おじいさまがいなければお父様はいなかった……たくさんのお父様とおじいさまたちの血がつながって、ここにいるの」

「初衣……」

「私、あなたのお父様に知ってもらいたいの。あなたの子供を産む私を」

「初衣！」

暁也はいきなり初衣を抱きしめると、その身体を高く掲げた。

「僕の子供⁉　君と僕の⁉」

「そうよ、暁也」

「すごい、すごいぞ、初衣！」

暁也はクルリと回り、やがて初衣の身体をそっと下ろした。

「ありがとう、今まで生きてきてこんな嬉しいことはないよ！」

「暁也……」

「身体中が嬉しくて爆発しそうだ！」

暁也はもう一度初衣を抱きしめた。

「子供……」

暁也は初衣の肩に顔を伏せ、呟いた。

「暁也――」

「ほんとは考えてもみなかった、僕が子供を、家庭を持てるなんて」

「ずっと僕には……縁がないものだと思ってたんだ」

暁也は初衣から身体を離した。

「……あんたも、そうだったのか」

初衣は暁也の言葉に振り向いた。少し離れた場所に暁也の父親が立っている。

「僕が生まれるとわかった時、少しは嬉しかったのか？」

父親は黒縁の眼鏡のブリッジを指で押さえた。

「――今のおまえと同じように……母さんを抱えて回ったよ」

「……」

父親はゆっくりと近づいてきた。そして初衣に向かって、今度は深々と頭を下げる。

「息子をよろしくお願いします」

「えっ、あ、あの、こ、こちらこそ！」

初衣はあわてて頭を下げた。だから暁也がどんな顔をしているのかわからなかった。

「――子供にはおじいちゃんが必要だよな」

しかし、頭の上から聞こえてきた暁也の声は穏やかだった。

「僕も、葉山のじいちゃんには可愛がってもらったし」

初衣が頭を上げると、暁也が微笑んでうなずいた。

「今度君のご両親に挨拶に行くよ。そのあと、みんなで会う機会をつくろう」

「暁也……」

「結婚してください、初衣」

暁也の言葉に涙があふれてきた。

「はい、お願い……します……」

でもそれを拭うより、今は優しい暁也の顔を見続けていたかった。

ベッドで抱き合い、口づけを交わす。暁也の大きな手で髪を撫でられるのが好きだった。

唇から額に、頬に、首筋に、順番に下りたあと、いつもなら胸に移動するのに、暁也は動きを止め、じっと初衣を見つめた。

「どうしたの？」

「ん――だって……してもいいのかなって。身体に負担はないのか？」

「大丈夫よ、八ヶ月くらいまでは、その……普通にしててもいいの」

実はネットでいつまでセックスをしてもいいか調べたなんて言えないけど。

「そうなのか。八ヶ月とかになるとかなり大きくなるのかな？」

「でしょうね、私も初めてだからわからないけど」

暁也ははあっとため息をついた。

「子供ができてるって言った時の君のお父さん、怖かったなあ」

「ごめんね」

あのあと、暁也はちゃんとスーツを着て挨拶に来てくれたが、妊娠していると告げた時、父親は無言で暁也を殴りつけたのだ。

初衣と母親が必死に取りなして、その日はそのまま撤収になったのだが。

「お父さん、謝ってた」

「うん、明日にでももう一回会いに行くよ」

初衣は下から両手を上げて暁也の前髪を撫でつけた。

「挨拶にきた時、暁也、髪をちゃんと——オールバックにしてたでしょ」

「うん」

「お義父様にそっくりだったよ」

「うえっ」

いやそうな顔に思わず笑いだす。暁也は髪を押さえている初衣の手をシーツに戻した。

「笑うなよ、いじめるぞ」

「ふふふ」

暁也は一度初衣を抱きしめたが、すぐに身体を離した。

「やっぱりだめだ、心配で君の上になれない」

「大丈夫だって……」

「だから君が上になって」

「ええ?」

くるっと身体が反転させられる。初衣は暁也の上に乗っていた。

「ちょ、ちょっと待ってよ、いやよ、こんな体勢」

「君を愛したいんだ」

「でも……」

「大丈夫、ゆっくりやればできるよ」

「もう……っ」

おそるおそる身体を後ろへ移動すると、お尻に固いものがあたった。

「……」

息を吸って腰を持ち上げる。潤った部分に暁也の先端が触れた。

「ゆっくり、下ろして」

「ん、……」

初めて自分から暁也を受け入れる。彼の大きさや固さ、熱さを改めて意識した。

「んんっ……っ」

宙をかいた手が暁也に掴まれた。もがいた指が絡み合う。

「初衣……来て……」

「あ、暁也――」

つぷっと水の音がした。初衣は自分の身体が蕩けるバターか蜂蜜になったような気がした。その中に暁也がまっすぐに突き進んでくる。

「あっ、あああっ！」

ずずっとどこまでも奥深く、暁也が身体の中に入ってくる。

「ああっ、暁也、あ」

ぎゅっと指を握りしめれば同じだけの強さで暁也が握り返してきた。

「初衣、すごい、深い……」

「んんんっ……っ」

どこまでも貫き通されそうで、怖くて腰が下ろせない。初衣は中途半端な位置でかたまってしまった。

「だ、だめ、もう……」

「初衣、もっと」

「だめェ……ッ」

暁也の手が初衣の指から離れ腰を抱いた。

「大丈夫だから」

「アッ！」

ぐいっと腰を下ろされた。

「あう——！」

ずんっと下から突き上げられ、初衣の身体がのけぞる。暁也が熱い。そこから全身燃え上がりそうだ。

「初衣、全部入ったよ」

「は、あ……はあ、」

初衣は息を切らして両手を暁也の腹部に置いた。

「あ、暁也……見ないで」

「どうして」

「わ、わたし、今、ひどい顔してる……」

唾液が唇から伝ってあごに流れたのがわかった。拭おうと手を上げると、暁也に邪魔された。

「初衣、すごくきれいだよ」

「嘘よ」

「ほんとだよ、頬が赤くなって、目がキラキラして、すごく、色っぽい」

暁也は自分の指をペロリと舐《な》めると、それを、上になった初衣の足の間に伸ばした。

「だ、だめ、さわんないで」

「どうして、ここ、こんなに固くなってるのに」

くちゅっと結合部分から音がする。暁也がそこをいじるたびに、身体中の細胞が快感に泡立つようだった。

「あ、暁也、ああっ、」

「初衣の中、すごく、しまる——ぞくぞくする……ねえ、動くよ、初衣」

「そ、そんな……あっ」

内側を暁也の熱で焼かれ、外側に細かな刺激を与えられ、初衣は二重の快感に翻弄された。なのに身体は貪欲に、さらに感じたいと。

「だ、だめ……暁也、動かないで……」

「初衣、こんなにあふれてくる……」

「あ、あきや……」

初衣は腕を伸ばした。

「お願い……抱いて……」

暁也は身体を起こすと震えている初衣を抱きしめた。その瞬間、さらに深く暁也が入り込む。

「ああっ」

「……っ」

暁也も喉の奥で呻く。

しっかりと抱き合えばまるで二つの身体がひとつに溶け合ったような気がした。

「暁也……」

「初衣、好きだ……愛してるよ」

「わたしも……」

快感でかすむ瞳で彼を覗き込む。優しく笑う顔がそこにある。

「愛してるわ……」

息が混じり合い、唇が触れ合う。舌が絡み、互いの声と吐息を飲み込む。

両手の中に愛する人の身体と心があった。


ずっと、一緒に――幸せに――。


彼と家族になる。きっと幸せになる。

目の奥が熱くなってきた。

「愛してるよ」

暁也の声を聞きながら、初衣は快感の中に新しい未来の夢を見て、うっとりと微笑んだ。

終わり

あとがき

蜜夢文庫ではじめましての真坂たまです。

このお話は、以前、電子書籍で出版したものを書籍化したものになります。書籍化にさいしてかなり削って修正して加筆してあります。

電子書籍で出た当初はスマホがまだまだ一般的でない時代だったんですよー。思えば月日の経つのは早いものです。

このお話のコンセプトは「働く女性に王子様」だったんですが、王子様が思った以上に変なひとになってしまいました。

でもヒロインにベタ惚れで甘やかしてくれるので、疲れた時にはいいかもしれません。何時間でも腕枕してくれたり、肩をもんでくれたりしそうです。

舞台となる不動産屋さんがある町は吉祥寺のイメージです。

以前吉祥寺の近くに住んでいました。歩いて十五分で駅前に行ける場所で、吉祥寺はいろいろなお店がコンパクトにまとまっていて住みやすい町でした。

個性的な小さなお店から百貨店、駅ビルもテナントが豊富。住んでいる人たちもおしゃれなのにどこかのんびりしていました。

十六年も前のことだから今はかなり変わっているでしょうね。

今回、修正していて書いていた時期のこともいろいろと思い出しました。

一作一作が、当時の環境や情勢と強く結びついています。当時好きだったものの影響を受けていて、今はそれがはやりじゃないので直さなきゃいけないものとかあり、そんなところでも時の流れを感じます。

今後、機会があって蜜夢文庫で書かせていただくことがあれば、そのときも周りの環境や自分の興味に結び付いた話になることと思います。

またそのときにお会いできることを楽しみにしています。

ブログやってます。　http://ayakasimemo.blog115.fc2.com/
別名（霜月りつ）で、時代小説やライトノベルも書いてますので、よろしければそちらも読んでみてください。

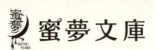

竹書房文庫の既刊本

お求めの際はお近くの書店、
または弊社HPにて。
www.takeshobo.co.jp

Fantasy

龍のすむ家

クリス・ダレーシー／三辺律子［訳］

「下宿人募集――ただし、子どもとネコと龍が好きな方。」龍と人間、宇宙と地球の壮大な大河物語はここから始まった！

龍のすむ家 第二章 氷の伝説

クリス・ダレーシー／三辺律子［訳］

月夜の晩、ブロンズの卵から龍の子が生まれる……。新キャラたちを加え、デービットとガズークスの新たな物語が始まる……。

龍のすむ家 第三章 炎の星 上下

クリス・ダレーシー／三辺律子［訳］

運命の星が輝く時、伝説の龍がよみがえる……。デービットは世界最後の龍が石となって眠る北極で、新たな物語を書き始める。

龍のすむ家 第四章 永遠の炎 上下

クリス・ダレーシー／三辺律子［訳］

龍、シロクマ、人間、フェイン……ついに四者の歴史の謎が紐解かれる！ 驚きの新展開、終章へのカウントダウンの始まり！

本書は、電子書籍レーベル「らぶドロップス」より発売された電子書籍を元に、加筆・修正したものです。

ワケあり物件 契約中

カリスマ占い師と不機嫌な恋人

２０１６年７月２９日　初版第一刷発行

著…………………………………………………………… 真坂たま
画……………………………………………………………紅月りと。
編集…………………………………… パブリッシングリンク
ブックデザイン………………… 百足屋ユウコ＋カナイアヤコ
（ムシカゴグラフィクス）
本文ＤＴＰ…………………………………………… ＩＤＲ

発行人…………………………………………………… 後藤明信
発行……………………………………………… 株式会社竹書房
〒102-0072　東京都千代田区飯田橋２－７－３
電話　03-3264-1576（代表）
03-3234-6208（編集）
http://www.takeshobo.co.jp
印刷・製本………………………………… 中央精版印刷株式会社

ISBN978-4-8019-0795-9　C0193
Printed in JAPAN